Narratori ❮ Feltrinelli

Federica Brunini

Quattro tazze di tempesta

Prima edizione ne "I Narratori" aprile 2016

Stampa 🦁 Grafica Veneta S.p.A. di Trebaseleghe - PD

ISBN 978-88-07-03187-8

FSC
www.fsc.org
MISTO
Carta
da fonti gestite in
maniera responsabile
FSC® C021883

www.feltrinellieditore.it
Libri in uscita, interviste, reading,
commenti e percorsi di lettura.
Aggiornamenti quotidiani

IL RAZZISMO
È UNA
BRUTTA STORIA.
razzismobruttastoria.net

E sole pioggia neve e tempesta
sulla valigia e nella tua testa
e gambe per andare
e bocca per baciare.

IL LIGA

Quando la tempesta sarà finita, probabilmente non saprai neanche tu come hai fatto
ad attraversarla e a uscirne vivo. Anzi, non
sarai neanche sicuro se sia finita per davvero. Ma su un punto non c'è dubbio... Ed
è che tu, uscito da quel vento, non sarai lo
stesso che vi è entrato.

HARUKI MURAKAMI

Al mio Cuore

Les italiennes

Viola

Viola spalancò le persiane, fece il letto, sprimacciò i cuscini. E replicò gli stessi gesti in ogni stanza, come in una favola dei fratelli Grimm. Dal grosso armadio di noce lungo il corridoio estrasse tre coppie di asciugamani bianchi e soffici come spumoni, tre maxiteli di lino, tre sacchetti di pot-pourri: gelsomino per Maria Vittoria e la sua celeberrima emicrania da stress prestazionale, lavanda per Alberta e la sua instancabile insonnia, mughetto per Chantal e il suo inconscio sempre in corsa. Fece per chiudere le ante, ma si bloccò e infilò di nuovo la testa bionda tra gli effluvi della biancheria. Allungò la mano verso la fila di flaconcini di vetro ordinatamente schierati sul ripiano più alto e svitò rapida il tappino di metallo dell'olio essenziale di timo bianco, il suo antipanico preferito. Inalò l'essenza in un'unica, vigorosa inspirazione. Poi svuotò i polmoni e rimase immobile per un istante, con i talloni ben piantati sulle tavole di legno del pavimento. Si sentì subito meglio. E riprese il controllo delle sue attività domestiche, depositando in ognuna delle tre camere il corredo profumato che aveva scelto. Chiuse le tre porte dietro di sé, sentendosi Riccioli d'oro nella casa di Mamma Orsa, e finalmente si rilassò. Scese in cucina, guardò l'orologio giallo appeso sopra la credenza, poi accese il grande bollitore elettrico hi-tech che troneggiava sopra il piano di granito, unico oggetto di design nell'ambiente sfacciatamente country. Infine, si avvicinò alla grande piattaia provenzale che ospitava parte della sua collezione di tè in foglia, suddivisa per tipologia – bianchi, rossi, neri, verdi, gialli –, provenienza – Cina, Giappone, India, Sri Lanka, Taiwan, Sudafrica – e stati d'animo – noia, malinconia, passione, euforia, serenità, dolcezza. Era, in scala ridotta, la riproduzione del suo negozio *Thé et Toi*, dove ogni giorno smerciava grammi di tè ed emozioni in foglie dietro il bancone di legno grezzo e tra i tavolini smaltati di verde. Con la differenza che, a casa sua, vendeva tè soltanto a se stessa. E se lo gustava in santa pace e solitudine... quando non c'era Chai, la cagnetta Breton adottata lì, nel dipartimento francese del Gard, tre anni prima: all'epoca, lei era una donna di trentasette anni sola e disperata, Chai una cucciola di quattro mesi abbandonata, affamata e curiosa. Oggi erano due femmine più mature, tendenzialmente solitarie, contente della reciproca compagnia. Tranquille, no. Affatto.

Mavi (Maria Vittoria)

Biglietto del treno, cellulare, passaporto – che non serve in Francia, ma non si sa mai –, Momendol, caramelle al limone, burrocacao. Ah, la spazzola pieghevole. E il gel disinfettante per le mani, le salviettine profumate, i fazzoletti di carta. Oltre al portafogli, naturalmente. E il porta-biglietti da visita, il porta-carte di credito, il porta-documenti... Chi avrebbe portato lei, quando si fosse lasciata cadere a terra esausta?, si chiese Mavi. Fino alle ventidue aveva aiutato l'Erede a memorizzare le canzoncine in inglese. Poi aveva sparecchiato la tavola e caricato la lavastoviglie, pulito il piano di Corian della cucina come se fosse la sua stessa faccia, programmato la lavatrice con i colorati molto sporchi, raggruppato i bianchi per il giro successivo, preparato sulla console dell'ingresso le bollette che la banca avrebbe pagato, le autorizzazioni per la gita dell'Erede che Giorgio avrebbe firmato, la lista della spesa di cui si sarebbe occupata Irina, la domestica. Finalmente, alle ventidue e cinquantuno trovò rifugio in bagno, dove si struccò, spogliò, lavò, incremò di antiage agli idrossidi biomimetici e chissà cos'altro, mentre l'Erede giocava con la Wii insieme a Giorgio. Li sentì gridare e ridere e scherzare. E avrebbe tanto desiderato premere il tasto "mute" e silenziarli, metterli da parte, scordarseli per qualche minuto o per la notte intera. Tornare a essere lei e basta. Non più doppia e trina, non più moglie e madre (e badante, e serva, e compagna, collega, confidente, sorella, segretaria...). Quel viaggio in Francia, a casa di Viola, era una benedizione: per cinque giorni, cioè centoventi ore, e per la precisione settemiladuecento minuti, Mavi sarebbe stata soltanto una donna in compagnia di altre. Sorrise a se stessa dentro lo specchio, ignorò le rughe e le zampe di gallina, la ricrescita color cenere che covava sotto la tinta henné, il collo cerchiato dai segni dei suoi quasi quarant'anni. E si diede un bacio. L'indomani alla stessa ora sarebbe stata con "le ragazze", come si ostinava a definire le sue tre amiche, davanti a una tazza di tè fumante nel buio blu della campagna. Sarebbe piombata in una vita che non prevedeva marito, figlio, studio legale, tribunale, cause e sentenze, casa da gestire, palestra e chili da buttare giù, stanchezza da combattere, amarezza da stemperare con biscotti e praline al cioccolato. Adesso, però, doveva concentrarsi sul ricorso da consegnare il giorno dopo. Mavi si trascinò in camera da letto, dove l'aspettava il suo fedele laptop sul comodino, insieme a cellulare, e-reader, luce cromatica e diffusore aromaterapico. Suo marito no, lui non c'era: Giorgio aveva messo a nanna l'Erede e poi era sce-

13

so nello studiolo, per dare un'occhiata alle sue carte, come faceva ogni sera negli ultimi nove anni di matrimonio. Anche la sera che l'Erede era venuto al mondo.

Chantal

Chantal terminò la lezione di yoga nervosa come l'aveva cominciata. La sua Kundalini, l'energia avvolta come una serpe alla base della sua colonna vertebrale, non ne aveva voluto sapere di incanalarsi lungo le nadi e purificare i suoi sette chakra. In più, doveva sbrigarsi. Marcello la stava aspettando per cenare insieme. Da settimane fantasticava su quel loro primo *tête-à-tête*, senza altri colleghi istruttori intorno. E ora era così stanca che sarebbe filata a letto senza nemmeno spogliarsi. Uff. Doveva ancora fare la valigia. E stirare le quattro cose che intendeva ficcarci dentro. Sempre che le avesse lavate e non fossero ancora dentro la lavatrice, in attesa che lei premesse il tasto "avvio". Forse l'aveva fatto, più probabilmente aveva pensato di farlo, ma poi... poi s'era distratta dietro la visione di sé seduta alla mangiatoia dell'ufficio: la mangiatoia, sì. L'immagine le era piovuta in testa durante la lunga meditazione della sera prima: rispondeva al telefono e intanto s'abbuffava di biada insieme agli altri dipendenti. Come se tutti fossero delle bestie. Quanto odiava quel lavoro da receptionist. E meno male che era part-time. E che poi, nel pomeriggio, insegnava yoga in palestra.

Si spazzolò i capelli neri e li legò stretti in una coda alta, da ragazzina. In fondo, con quel viso e quelle lentiggini sul naso, poteva ancora permetterselo. Si passò un velo di cipria e si spalmò con cura il rossetto rosso sulle labbra con l'anulare della mano sinistra, il dito del cuore, dell'amore, della passione... Avvertì la Kundalini agitarsi sotto l'ombelico e unì i palmi delle mani l'uno contro l'altro, in preghiera. "Oooooommmm," canticchiò nel silenzio dello spogliatoio degli insegnanti. Poi si sedette sulla panca di legno, indossò gli anfibi di ecopelle sopra i leggings maculati e si buttò il giaccone amaranto sulle spalle.

Mentre si avviava lungo il corridoio della palestra, sperò che Marcello fosse di buonumore e non passasse la serata a discutere di *asana*, sequenze ed esercizi di respirazione. Non che queste cose non la interessassero, in genere, ma sentiva che era tempo di accorciare la distanza che lui aveva imposto finora. Percepiva qualcosa di magmatico in Marcello: non aveva nulla a che fare con l'età di lui, decisamente più giovane di lei. Era un'energia che pulsava a ondate e poteva travolgerla, se solo...

Ah, il cellulare. Dove lo aveva lasciato? Fece il tuca tuca tastandosi tutte le tasche. Niente. Allora rovesciò la borsa di pelle nera in corridoio, svuotandola. Ed eccolo lì, per terra. Accanto alle chiavi di casa.

"Sei pronta?" Marcello la sorprese seduta sul pavimento.

Lei si sentì come una bambina sotto lo sguardo severo di un adulto. Contrasse la mascella per una frazione di secondo, prima di aprirla in un tentativo di risata. "Prontissima," disse, ricacciando alla rinfusa dentro alla borsa tutto il contenuto e quella voglia istantanea di lui che la stava sommergendo.

Alberta

Avrebbe fatto mattina sul progetto della nuova spa dell'hotel di Dubai: soltanto dopo la mezzanotte, il suo cervello si sarebbe aperto per elargire la sua migliore creatività.

Era una vita che lavorava di notte. Per questo era e sarebbe rimasta una consulente, una libera professionista presa in affitto e poi disdetta. Di stare fissa in uno studio di architettura, per quanto grande e prestigioso, non ne voleva sapere. O meglio, non poteva. Ci aveva provato, prima a Milano, subito dopo la laurea, e poi a Monaco, infine a Parigi. Ma niente. Passava le giornate a vagare con la testa e occuparsi di cose di poco conto, in attesa dell'ispirazione giusta. E quella si presentava puntualmente dopo il tramonto, quando tutti i colleghi iniziavano a infilarsi le giacche, a ordinare gli aperitivi, a telefonare a mogli/compagni/figli/amici per gli impegni della serata. Alberta, invece, restava. Sino alle ventidue, spesso le ventitré passate. Poi andava a casa, scaldava qualcosa di commestibile nel microonde e ricominciava a lavorare, sul divano o sul letto. Questo quando era single. Quando aveva incontrato Pierre, ed era andata a vivere con lui, si era sforzata da subito di fare la mogliettina che tornava a casa in tempo per sfornare qualche piatto decente – una pasta al sugo, un risotto, una bistecca – e pronta a concedersi una serata romantica in salotto o in camera da letto. Ma si era ritrovata ben presto insonne e insofferente accanto a lui che russava, e decisamente in ritardo con le consegne di lavoro. Risultato? Aveva lasciato Pierre e il suo posto di corporate designer per una carriera da consultant.

A distanza di sei anni, era consapevolmente soddisfatta delle sue scelte. C'erano state decine di offerte, di disegni, di scadenze rispettate, di denaro guadagnato. E c'erano state altre storie e altri amori, ma nessuna convivenza. Anche se ultimamente, da quando frequentava Toni, le capitava di pensarci. Per la prima volta dopo anni, sentiva il desiderio di condividere il letto tutte le notti con lo stesso profumo, lo stesso calore, lo stesso corpo. Persino il bagno, il dentifricio, il caffè... tutto.

Alberta accese il suo "Big Mac", come chiamava il suo inossidabile computer, e scorse gli ultimi rendering: la palette dei colori non la convinceva, l'area reception non era abbastanza accogliente. Come sempre, avrebbe visto l'alba illuminare il cielo dalla finestra del suo appartamento parigino di rue de Turenne. Poi si sarebbe infilata sotto le lenzuola. E, soltanto dopo pranzo, avrebbe escogitato come e quando raggiungere Viola e le altre. Con calma.

1.

Viola fece il giro della casa passando per il giardino e si assicurò che tutte le persiane di legno color crema fossero chiuse. Lasciò semiaperta soltanto la porta sul retro, dalla quale Chai poteva sgusciare dentro e fuori in tutta libertà. La cagnetta non era nei paraggi e Viola ne approfittò per avviarsi verso la decappottabile rossa, parcheggiata nello spiazzo di ghiaia dietro la cucina come una coccinella in attesa di portar fortuna. Invece Chai era lì, accoccolata davanti alla portiera, pronta a partire con la sua mamma-padrona.

"Andiamo," s'arrese Viola rassegnata, facendola montare sul sedile posteriore con una mezza carezza sulle natiche pelose. "Mavi ci aspetta in stazione. E Mavi odia aspettare."

Si lasciarono il cancello di ferro battuto alle spalle e sfrecciarono lungo la discesa che collegava La Parisienne al villaggio e poi alla strada provinciale, sotto i baci di un sole tiepido e timido. Viola indossava i suoi maxiocchiali scuri dalla montatura acquamarina, Chai il suo collare preferito, quello verde tempestato di ossicini brillanti. Nel giro di venti minuti avrebbero raggiunto la stazione ferroviaria di Nîmes. E lì avrebbero caricato la piccola Mavi e le sue grandi borse, troppe per i pochi giorni che avrebbero trascorso insieme, ma indispensabili alla serenità della loro proprietaria e, di conseguenza, di tutto il gruppetto di ospiti. Mavi era sempre la prima ad arrivare e spesso l'ultima ad andarsene. Ogni anno – e questo era il terzo – prenotava lo stesso treno TGV da Torino a Lione, dove cambiava e saliva sul convoglio che in un'ora e mezzo l'avrebbe portata a Nîmes. Chantal, invece, avrebbe preso un aereo da Milano a Marsiglia, e poi noleggiato un'auto. E Alberta... Alberta era prevedibilmente imprevedibile: sarebbe comparsa all'improvviso, senza avvisare, magari in moto, a cavallo o in mongolfiera. E, una volta smontata da uno qualunque di questi mezzi, avrebbe ordinato con nonchalance la sua tazza di tè, spolverandosi con una mano i corti capelli color rame.

Viola sorrise, ripensando all'ultima volta che Alberta era stata a La Parisienne. S'era presentata al cancello all'alba, a bordo di un trattore. Un contadino le aveva caritatevolmente offerto un passaggio lungo la strada deserta, che lei stava percorrendo a piedi da chissà dove. Quando era entrata, aveva salutato e chiesto una tazza di infuso di verbena che non aveva bevuto, ed era crollata esausta sul divano, mentre le altre preparavano la colazione e la giornata.

Come Viola aveva previsto, Mavi la stava già aspettando, scrutando impaziente l'orizzonte del piazzale ora assolato. Quando avvistò la decappottabile, raddrizzò le spalle, afferrò le valigie – soltanto due quest'anno, oltre la borsa di pelle, notò Viola – e s'incamminò rapida, senza nemmeno aspettare che l'amica accostasse. Mavi aveva perennemente fretta: stava sempre per andare o tornare da qualche parte. E, nel mentre, faceva un milione di cose.

Le due si abbracciarono, tenendosi strette per un tempo che Chai, mollemente adagiata sul sedile posteriore, giudicò inopportuno. Infatti abbaiò per distogliere la sua padrona da quell'impasto di braccia, mani, capelli. Poi il terzetto di femmine ingranò la marcia e partì alla volta di La Calmette: la "cinque-giorni delle ragazze" era ufficialmente iniziata.

All'aeroporto di Milano, intanto, Chantal stava tentando di convincere l'addetto ai controlli di sicurezza che la polvere verdognola nel bagaglio a mano, custodita in un vecchio portasigari di metallo, non era uno stupefacente, ma il suo miglior ricostituente ayurvedico, di cui non poteva assolutamente fare a meno, nemmeno per la breve durata del volo. Quando si offrì di fargliela assaggiare perché ne constatasse anche lui il benefico effetto immediato, l'uomo la lasciò passare, più spaventato dall'ipotesi di dover ingurgitare il miscuglio che convinto dalle motivazioni di Chantal. La quale attribuì alle sue ciglia lunghe e lucide, spietatamente seducenti, il successo dell'impresa.

Con la sua tracolla gonfia e sformata, proseguì verso il gate, mentre la compagnia aerea annunciava l'imbarco del suo volo. Presto sarebbe arrivata a destinazione. E mai come questa volta non vedeva l'ora. Le ostilità e le difficoltà sul lavoro, aggravate dallo stato di crisi in cui versava la società di consulenza finanziaria dove lavorava, le avevano tolto il sonno per più di una notte. Anche il rapporto con i suoi colleghi stava cambiando, e non in meglio, nonostante lei sfoderasse ogni mattina la sua miglior attitudine zen, dispensando incoraggiamenti e sorrisi. Certo, la sua breve – e purtroppo chiacchieratissima – relazione con il direttore del personale non le aveva giovato. Ma alla fine lei era rimasta la receptionist che era. Di sicuro, non ne aveva tratto alcun vantaggio professionale. Anzi.

Scosse la testa mentre mostrava la sua carta d'identità alla hostess di terra prima di imbarcarsi, e sentì il suo cellulare vibrare: Marcello le augurava buon viaggio, con lo stesso tempismo con cui le aveva dato il buongiorno parecchie ore prima. Lo stesso con cui l'aveva baciata la sera precedente, l'aveva eccitata, l'aveva amata. Prima di abbandonarla sfinita e soddisfatta fra le braccia di Morfeo.

"Com'è andato il viaggio?" chiese Viola, staccando la mano destra dal cambio e allungandola verso la spalla dell'amica.

"Coincidenze perfette. E i treni francesi... Che meraviglia!" sospirò Mavi, utilizzando quella parola – meraviglia – di cui abusava spesso, tanto che le ragazze ne avevano fatto un tormentone e lei era diventata per loro, in tante occasioni, "Miss Meraviglia" o, più concisamente, "Maviglia".

Infatti Viola rise. E Mavi si diede una manata in fronte, prima di sistemare i ricci tinti di henné sotto il vecchio foulard arancione scolorito.

"Sono la prima?" s'informò, seguendo con lo sguardo le file di spighe e di lavanda ai lati della provinciale.

"La prima e la migliore. Come sempre."

"Vada per la prima. Quando arrivano le altre?"

"Chantal stasera. Alberta..."

"...Alberta è come il vento. Non sai mai da che parte soffierà," dichiarò Mavi.

"E quanti danni farà!" concluse Viola.

"Dimmi di te, tesoro. Stai bene?"

"Sì, sì. Il negozio è ben avviato ormai, l'attività si espande, sono molto impegnata. Poi ci sono Chai, il giardino, la casa..."

"E sei in formissima. Guardati, nemmeno un grammo o una ruga in più."

"Non è vero. Ma a chi importa?"

"A me!" rispose Mavi veemente.

"A te?"

"Tu sei e sarai sempre la più bella. E a me piace vantarmi di te, della mia amica modella."

"*Ex* modella," precisò Viola, imboccando una curva a gomito a una velocità tale che Chai fu costretta ad aggrapparsi con le zampe al sedile posteriore su cui era distesa, emettendo un guaito di disappunto.

"A quarant'anni, siamo tutte ex qualcosa."

Viola non replicò, limitandosi ad annuire. E morse la strada con i canini delle gomme.

Nemmeno quando dormiva – a pancia in giù, le braccia schiacciate sotto il peso del petto – Alberta aveva l'aria innocente. Sembrava sempre sul punto di combinarne una: gaffe, provocazioni, sfide. Per questo Toni l'aveva amata dal primo momento, come le aveva confessato. Perché non era come le altre. Anche se Alberta si ostinava a volerlo diventare, senza riuscirci mai.

Più tardi, sarebbe partita per raggiungere *les italiennes*, come chiamava le sue amiche, lei che ormai si considerava francese. O meglio, parigina. Ma questa volta non aveva la voglia spasmodica degli anni precedenti, quando non vedeva l'ora di riunirsi con tutte loro e abbandonarsi a quello che erano ed erano state. Da quando frequentava Toni, le sue partenze erano diventate più faticose, come se il bagaglio da portarsi dietro – l'insostituibile borsa rossa di pelle – non fosse mai davvero pronto e mancasse sempre qualcosa.

Se fosse amore, non lo sapeva né se lo chiedeva. Era un fremito che riempiva i lombi e risaliva negli atri del cuore, come una leggera scossa che le ricordava di essere anche lei, alla fine, una marionetta sentimentale. L'ultima relazione – chiusa ormai quattro anni prima dopo l'ennesimo, sfacciato, tradimento da parte di un lui di cui aveva voluto dimenticare volto e nome – l'aveva convinta di non essere destinata alla felicità del cuore. La sua vita privata erano i suoi progetti professionali, i suoi appuntamenti, i suoi viaggi per lavoro e per curiosità, e momenti di sesso in letti dove non tornava una seconda volta, allontanandone la tentazione come si fa con un ciuffo ribelle di capelli. Ma adesso c'era Toni. Toni che si fermava spesso a dormire a casa sua, che aveva preteso uno spazzolino sulla mensola del bagno, che le preparava il caffè la mattina e prima di andarsene la salutava con un bacio per augurarle buona giornata.

L'aveva fatto anche quel giorno. Ed era ora che lei si alzasse e buttasse qualche vestito nella borsa rossa e si mettesse in viaggio. *Les italiennes* le avrebbero perdonato qualunque ritardo, mai l'assenza.

2.

Viola, Mavi e Chai varcarono la soglia di ghiaia di La Parisienne sorridendo. Viola perché per qualche giorno non sarebbe stata sola, Mavi perché lo sarebbe stata – libera da marito ed Erede –, Chai perché avrebbe sicuramente ricevuto la sua razione di crocchette.

"Vieni," disse Viola, guidando l'amica dalla cucina verso la scala di legno che portava al piano superiore.

"Solita stanza, vero?" domandò Mavi seguendola.

"Certo. E ti preparo il tuo tè appena scendi."

"Faccio in un attimo."

"Prenditi tutti gli attimi che vuoi. Rilassati, sei in vacanza!" la esortò Viola, cedendole il passo sui gradini. "Ti aspetto in cucina, intanto accendo il bollitore."

Viola versò le crocchette nella ciotola verde di Chai, fissò con tenerezza le scapole scarne della sua amata cagnetta abbassarsi insieme al muso, poi contemplò la schiera di barattoli di tè in cerca delle foglie di Pu'er adatte a Mavi e le dispose con un gesto preciso nel filtro di bambù. Per sé, scelse pochi grammi di Kukicha giapponese: di teina in corpo ne aveva già abbastanza per arrivare a sera e forse anche più in là.

Controllò sul cellulare se le sue ospiti l'avessero cercata. Nessuna chiamata. Soltanto il solito sms settimanale senza

25

parole di Charles, per ricordarle che non l'aveva dimenticata. Che era ancora con lei, in attesa di lei. Se solo lei avesse risposto.

"Ti aiuto?" Mavi non riusciva a stare con le mani in mano mentre Viola, dopo averle offerto il tè e una fetta di torta di mele al tè Bancha, disponeva sul piano di granito della cucina tutti gli ingredienti per la cena. Negli ultimi tre anni, Viola aveva scoperto un'insospettabile e rasserenante passione casalinga, lei che da ragazza aveva vissuto con il frigorifero perennemente vuoto e il freezer colmo di surgelati.

Come si cambia, rifletté in un lampo, fissando Mavi e i suoi ricci spettinati, invasi dalla ricrescita grigia. L'amica aveva occhiaie scure sotto lo sguardo spento e qualche chilo di troppo. Più di tutto, sembrava avere disperatamente bisogno di scendere dalla giostra del mondo per qualche giro di sonno.

"Siediti e fammi compagnia," le disse, afferrandole le dita frenetiche. "Raccontami tutto. Come sta l'Erede?"

"Benissimo. A quattro anni, parla già come un adulto. Anche in inglese! E devi vederlo con l'iPad. Lo chiama 'il grande' per distinguerlo dall'iPod, 'il piccolo'. Gli ho caricato giochi e canzoni. E il suo cartone animato preferito. Conosci *Masha e Orso*?"

Viola scosse la testa, i bambini non le erano mai piaciuti e la sola idea di crescerne uno in pancia la terrorizzava. Di più, la schifava. Ma non aveva mai avuto il coraggio di ammetterlo apertamente. Durante il suo matrimonio, era perfettamente consapevole dell'aspettativa che tutti – parenti, amici, conoscenti – nutrivano: ogni ricorrenza, ogni incontro, ogni cena erano l'occasione per domandare perché lei e suo marito non avessero ancora messo al mondo un figlio. Era quello che ci si aspettava facessero due come loro, che si erano sposati giovani e innamoratissimi, belli e benestanti, entrambi con due avviatissime carriere, di modella lei e di broker marittimo lui. Manuel però non poteva avere figli. E Viola lo aveva amato anche per questo. Insieme, avevano navigato per quasi quattordici anni nel mare del matrimonio senza incocciare in uno scoglio o, peggio, in una burrasca. Sempre con il vento in poppa o al traverso. Fino a quel fatidico 13 marzo di tre anni prima.

Mavi intanto blaterava di altre prodezze dell'Erede, incurante delle nubi che si stavano addensando nella testa di Viola. A breve, sarebbe scoppiato un temporale.

Chantal allungò lo sguardo verso il display del cellulare abbandonato sul sedile accanto al suo. Marcello le aveva appena scritto, augurandole buon proseguimento di viaggio in auto, ora che era sbarcata dall'aereo. Lei cercò di resistere alla tentazione di rispondere, non voleva mancare l'uscita per La Calmette, ma dopo meno di un chilometro si fermò, vinta, sull'orlo della carreggiata. Digitò un bacio, di quelli con il cuoricino rosso che sostituiscono mille parole. Due minuti di chat non avrebbero intaccato la sua tabella di marcia e avrebbero sollevato il suo umore e la sua autostima. Un quarto d'ora dopo era ancora lì, aggrappata al telefonino tra l'asfalto della strada provinciale e il giallo del campo di grano, in attesa dell'ultima parola di Marcello alla quale replicare. Era un gioco divertente. E lei aveva bisogno di divertirsi. A casa di Viola avrebbe meditato, praticato regolarmente le sue sequenze di yoga, discusso, chiacchierato, probabilmente pianto. Chantal si commuoveva facilmente. E rivedere le sue compagne del liceo di Milano metteva a dura prova il suo equilibrio. Non perché fosse più o meno infelice, più o meno realizzata o più o meno sensibile delle altre. Era una questione di distanze. Quell'improvviso sovrapporsi di passato, presente e talvolta futuro la scombussolava. Come se le si parassero davanti tutte le porte che aveva spalancato e chiuso negli ultimi anni: Dove stai andando?, le sussurravano tutte, una dopo l'altra. Stai facendo la vita che sognavi?, la interrogavano, inquietandola.

Chantal rabbrividì nell'abitacolo, sentendosi improvvisamente sola. Nemmeno il messaggio più bollente di Marcello avrebbe potuto scaldarla adesso.

3.

Viola infornò lo strudel di verdure al tè Genmaicha e mise in frigo il suo acclamato tiramisù al tè verde Matcha. Mavi apparecchiò la tavola senza mai smettere di chiacchierare, dispensando i suoi proverbiali "Che meraviglia!" alle stoviglie, alla tovaglia e persino ai bicchieri comprati in saldo da Monoprix.

Chantal nel frattempo aveva inviato un sms per avvertire che sarebbe arrivata in pochi minuti. Alberta, invece, non aveva ancora dato segni né di viaggio né di vita, il che significava che sarebbe presto comparsa all'orizzonte di La Parisienne. Che la casa di Viola fosse rinomata nel villaggio come La Parigina, nonostante ci abitasse un'italiana, era un'anomalia attribuibile soltanto all'indolenza degli abitanti di La Calmette: La Parisienne, costruita più di cinquant'anni prima per l'allora giovane moglie del medico locale, arrivata fresca di nozze da Parigi, sarebbe rimasta tale per sempre, con la sua sagoma tonda ed eccentrica in mezzo ai tipici *mas* squadrati della zona, le sue pietre a vista e i suoi pinnacoli bianchi montati come panna fresca sopra il tetto di ardesia.

"Pochi mesi fa," riassunse Mavi, "ho fatto la dieta del gruppo sanguigno. E ne ho persi di chili, all'inizio. Più di sei. Ma poi, come si fa? Mangiare è un rito sociale! Non ci si può sottrarre o dire sempre no... No?"

29

Viola realizzò che non aveva voglia di sostenere alcuna conversazione sul cibo e forse su qualunque altro argomento. Ma non l'avrebbe mai dichiarato. Probabilmente si era così abituata a stare con se stessa, con la sola voce interiore a farle compagnia, che ogni altra la disturbava. Si disse che stava diventando noiosa, vecchia e introversa. E si immerse nel temporale che stava bagnando i suoi pensieri.

Mavi intanto rispose al cellulare: la chiamata serale del marito.

"Dagli le verdure che ci sono nel contenitore blu. Le scongeli nell'acqua della pasta. Sì che ci sono. Primo ripiano in alto, a sinistra. Quello blu, non rosso. No, quello è il ragù per domani. Ho detto a Irina di... Perfetto. Sì, sì, tutto bene. Ora ceniamo anche noi, aspettiamo Chantal. Certo che te la saluto tanto. No, non ne ho idea. Perché? Ah, amore: non più di settanta grammi, mi raccomando. Baci."

Chantal – che i suoi allievi di yoga avevano ribattezzato Shanti, "pace" in sanscrito – si annunciò con un timido colpo di clacson. Al quale Chai replicò abbaiando e zampettando lesta verso la Peugeot monovolume che stava risalendo la rampa ghiaiosa.

Viola e Mavi alzarono la testa con la sincronia di due allenate ballerine in attesa del segnale per entrare in scena, ma Mavi guadagnò la porta per prima e diede il benvenuto all'amica con un abbraccio vigoroso e materno.

"Ben arrivata!" esclamò invece Viola, avvicinandosi al bagagliaio per recuperare le valigie. "Trovato traffico?"

"Un po'," disse Chantal, tentando di tacere il motivo del suo ritardo senza riuscirci. "Ecco, in verità, mi sono fermata a fare un paio di telefonate."

"Nessun problema, l'importante è che tu sia qui," la coccolò Viola, togliendola dall'impiccio. "Ti ho preparato lo strudel vegetariano al Genmaicha."

"E il tiramisù al tè verde?"
"C'è anche quello, come da programma."
"Adoro questo programma," ribatté Chantal.
"Tra mezz'ora a tavola?" s'inserì Mavi.
"Non aspettiamo Alberta?" chiese l'ultima arrivata.
Le tre amiche si scambiarono uno sguardo. E Mavi ripeté: "Tra mezz'ora a tavola". Questa volta era un'affermazione.

Spaparanzata nel sedile di prima classe del TGV, Alberta aveva occhi soltanto per lo schermo del suo computer: quella maledetta spa non voleva saperne di lasciarsi disegnare. Irritata, sollevò la testa stropicciandosi gli occhi e si tastò in cerca del cellulare che lasciava sempre e volutamente settato sulla modalità silenziosa. Tutti quelli che le telefonavano sapevano che non avrebbero sentito la sua voce se non dopo mezz'ora, due ore o due giorni. Richiamava sempre, ma soltanto quando ne aveva voglia o necessità.
Con Toni, invece, scambiava decine di e-mail. Si scrivevano cose banali (ciao, buonanotte, buon pranzo), cose pratiche (orari, appuntamenti, lista della spesa) e cose speciali (ti voglio, ti adoro, ti penso, quanto eri sexy stanotte).
In un paio d'ore avrebbe raggiunto il dipartimento del Gard. Non aveva ancora deciso come piombare a La Parisienne. Le piacevano le entrate sorprendenti. Pensò che sarebbe stato divertente arrivarci in moto, stretta a Toni, che la guidava così bene. O in sidecar. In ogni caso, Toni non aveva ancora risposto alla sua e-mail. E la cosa non le piaceva per niente.
Ripose il computer nella sua custodia, lo infilò nella borsa rossa e con quella si avviò alla carrozza bar-ristorante. Non mangiava dalla mattina, si rese conto all'improvviso. Qualcosa doveva buttare giù, almeno un cappuccino. O una bistecca. Non le era mai importato nulla del cibo. Le bastava

avere lo stomaco pieno quando lo sentiva vuoto. Anche se i manicaretti di Toni avevano conquistato il suo appetito incostante e scontroso. Mandò una seconda e-mail dal cellulare: "Fame di te," digitò. E riprese a camminare decisa verso il bar.

"Il migliore di sempre, giuro," dichiarò Chantal, trangugiando il tiramisù al tè verde di Viola.

"Lo dici tutte le volte."

"Perché è vero tutte le volte!"

"E lei non racconta mai bugie," la provocò Mavi.

"Mai. È contro la mia religione," scherzò Chantal, portandosi la mano destra sul cuore. "Posso averne ancora?"

"Tutto quello che vuoi," disse Viola.

"Così finirà!" la redarguì Mavi.

"E io ne farò dell'altro. Anche per te."

"Ma io non... non dovrei. Guardatemi. Sono... sono grassa!" piagnucolò Mavi, alzandosi in piedi e girando su se stessa.

"Smettila!" la sgridò Viola.

"Hai solo... Cioè, effettivamente..." iniziò Chantal.

"Chantal!" esclamarono insieme le altre due.

"Voglio dire. Sei un po'... ingrassata!?"

"Chantal!" ripeté Viola.

"Ma è la verità!" si difese Chantal.

"Odio la verità," s'intristì Mavi, sfiorandosi il ventre gonfio sotto la gonna marrone. "Io l'abolirei. A che serve?"

"Mai capito," mormorò Viola. "Non la usa nessuno. Tranne Chantal, s'intende," disse, fulminandola con lo sguardo.

"Ho fatto tutte le diete possibili, amiche! Forse dovrei farmi chiudere lo stomaco," si giustificò Mavi.

"O la bocca," rise Chantal.

"Il cioccolato. È tutta colpa sua," azzardò Mavi.

"Già. Terribile. Quando ti prende di mira, non c'è modo di fermarlo," scherzò Viola.

"Posso fare yoga con te domani?" chiese Mavi a Chantal.

"Certo. Alle sei iniziamo con gli esercizi di ricarica."

"Alle sei di mattina? Ma io sono in vacanza!"

"È l'unico orario in cui il cioccolato non attacca, fidati," continuò Viola ironica.

"Be', allora sì. Ma se domani smaltisco, posso avere un altro po' di tiramisù adesso?" supplicò Mavi, allungando il cucchiaino verso la teglia di alluminio.

"Noooo!" urlarono all'unisono le altre due, mettendo in salvo il resto del dessert.

"Domani mattina, dopo lo yoga, forse," la blandì Chantal.

"Tiranna," l'accusò Mavi.

"Tirannissima," mormorò Chantal, controllando il cellulare che aveva lanciato un sibilo. "C'è la connessione wi-fi anche in camera mia, Viola?"

"Sì, ma salta spesso. È meglio se ti connetti qui in cucina, dove il segnale è più stabile."

Ma Chantal non la stava più ascoltando. Era già sulla porta, diretta verso le scale.

4.

A mezzanotte s'addormentarono tutte. Soltanto Viola si attardò in cucina per ultimare gli ordini del negozio, aggiornare il sito di vendita online e scegliere le etichette per le nuove miscele estive: Taormina, Brise Verte, Golden Summer. Ognuna aveva il suo carattere, il suo corpo e il suo profumo. Non era facile infilarle tutte dentro lo stesso abito. Alla fine, optò per la carta color melone, quella che più di tutte aveva l'estate addosso. Nella vetrina incorniciata di bianco avrebbero sicuramente attirato l'attenzione dei passanti e incuriosito i clienti.

Soddisfatta, all'una e mezzo si coricò, nascondendo la testa sotto il cuscino cosparso di olio essenziale di ylang ylang. Ormai prendeva sonno solo così: tra le piume del guanciale opportunamente profumate sperava di zittire le voci dei suoi pensieri. Generalmente funzionava, ma le ci volle una buona mezz'ora prima di abbandonarsi al silenzio pesto di La Parisienne. Rivedere quelle che considerava a tutti gli effetti le sue sorelle l'aveva eccitata quanto e più di una tazza di tè siberiano, trascinandola in un vortice di ricordi che credeva, sbagliandosi, di aver ben riposto nel baule dell'oblio. Sognò la sua stanza nel collegio milanese, tappezzata di faccioni lucidi sui poster, la bocca di suor Leonarda che l'ammoniva perché lei s'era messa il rossetto: tutta quella vanità le avrebbe fatto fare una brutta fine. Ma c'era l'auto di Manuel giù che l'aspettava, doveva andare, sentiva il clacson che la reclamava. E lei era in ritardo, terribilmente in ritardo. E non si era nemmeno spazzolata i capelli, maledizione! Si svegliò irritata, stordita da quel suono fastidioso che non taceva e che, si rese conto, non proveniva dai suoi sogni, ma dalla strada. Sbirciò tra le ali di legno delle persiane: la limousine bianca sotto la sua finestra sfoggiava un autista e più luci di una discoteca.

Viola si fiondò sul pianerottolo, incespicò tra le zampe pelose di Chai, si scontrò con Mavi sulle scale, ma spalancò la porta in tempo perché Alberta potesse fare il suo ingresso trionfale.

"Un brindisi!" propose la nuova arrivata già alticcia, brandendo la magnum di Moët. "Siete pronte per il pigiama party?" continuò allegra.

Viola le corse incontro e l'abbracciò di slancio. Poi l'abbandonò tra le braccia di Mavi, mentre si precipitava a premere il tasto "play" sul computer collegato alle casse: musica, ecco quello che ci voleva. Quella notte, i suoi pensieri non sarebbero affogati tra le piume del cuscino. Avrebbero ballato.

"E così," disse Mavi stringendo la sua terza tazza di Rooibos e gin nella luce violacea dell'alba, "sei innamorata. *Quoque tu*, Alberta, alla fine hai capitolato."

Dopo qualche scatenato passo di danza e parecchi bicchieri di bollicine, erano crollate tutte sul divano.

"Boh, non so se è amore. Non me lo chiedo neanche."

"Be', ma lui? Vorrà sapere se lo ami!"

"Come lo si misura?" proseguì Alberta, senza dare retta all'amica. "Esiste un termometro dell'innamoramento? *Bien*, ragazze, dovremmo inventare... un 'innamorometro'! Da infilare sotto l'ascella. La sinistra, naturalmente, la più vicina al cuore. Quanti gradi d'infatuazione segna? 37 o 40?" rise, scuotendo i capelli corti e ramati.

"E sopra i 38 prendi la Tachipirina. Insomma, una medicina che ti riporti con i piedi per terra!"

"No, no, noooo! Chi è che vuole camminare quando può... volare?" replicò Alberta, girando su se stessa e agitando le braccia nella stanza come se fossero ali. "Aspettate, mi è appena venuta un'idea! Il mio 'Big Mac', *s'il vous plaît*. Mi serve il mio computer! Dov'è?" si agitò.

Viola le indicò la borsa rossa rimasta a terra, sulla soglia. Alberta la sventrò rapida, estrasse il portatile e si buttò sul divano con lui. "La mia spa! Vedete? Se progettassi una stanza... o, meglio ancora, una sala," mormorò, "dove si può... decollare?" Infine, si eclissò da tutto e tutte.

"L'abbiamo persa," diagnosticò Viola.

"Quando mai l'abbiamo trovata?" scherzò Mavi mettendole un braccio sulla spalla e spingendola su per le scale, dalle quali fece capolino la visione di Chantal avvolta in uno scialle di lana bianca.

"Buongiorno ragazze, ben svegliate!" le salutò unendo i palmi delle mani in preghiera. "Siete pronte per la meditazione e gli esercizi di ricarica?"

5.

A colazione, La Parisienne diede il meglio di sé grazie al prezioso aiuto di Azalée, la giovane canadese che Viola aveva assunto perché l'aiutasse a casa e in negozio. Aveva quasi venticinque anni e dal Québec era approdata nel Gard per l'unico motivo, oltre la fame, che da millenni spinge il genere umano alle migrazioni più improbabili: l'amore. Quella mattina era arrivata giusto in tempo per assistere Chantal nella sua pratica yoga con una tazza di tè allo zenzero e bacche di goji – la famosa miscela Buddha Felice – e per infornare i muffin impastati con tè al gelsomino, menta e vaniglia. Ogni giorno si divertiva a sfidare Viola nell'inventare con lei un piatto diverso che contenesse almeno un grammo di teina: torte, budini ma anche *potage* all'Earl Grey, pollo al Chai di Saigon e salmone al Lapsang Souchong. Era instancabile, sorridente e contenta, al contrario del suo fidanzato francese che sembrava sempre scontroso, burbero e troppo sicuro di sé. Viola aveva l'impressione che anche Azalée, come tutti gli altri, custodisse gelosamente il segreto che le permetteva di mettere in fila un giorno dopo l'altro senza mai un'esitazione. Dal 13 marzo di tre anni prima, invece, la sua vita era andata sfilandosi come una collana di perle, che erano rotolate a terra in ogni dove. E lei non aveva avuto la forza, il tempo, la determinazione di raccoglierle, o anche soltanto di cercarle. Le aveva lasciate scappare via, perse per sempre.

Entrò nella cucina profumata di muffin. Azalée stava riordinando i piatti della sera prima con gesti alimentati da un'energia contagiosa.

"Ancora tutte a letto?" le domandò Viola.

"Shhh," replicò la ragazza, portandosi l'indice alle labbra. "Una dorme di là, stesa sul divano," disse, riferendosi ad Alberta. "E Chantal è in veranda, seduta da venti minuti nella stessa posizione, con gli occhi chiusi."

"Sta meditando. Tra poco tornerà tra noi e avrà molto appetito."

"Anch'io!" s'intromise Mavi, spuntando all'improvviso alle spalle di Viola.

"Ma tu non sei a dieta?" l'ammonì.

"Lo ero ieri sera! Oggi è un altro giorno."

"È tutto pronto, ho già apparecchiato in sala da pranzo. Quale tè preferite?" domandò Azalée.

"Osmanthus Wulong?" suggerì Viola.

"Milky Way?" propose Mavi.

"Buddha Felice!" urlacchiò Chantal dalla veranda, senza muovere un muscolo e senza socchiudere le palpebre.

"Si può avere un caffè?" grugnì invece Alberta, cambiando di poco posizione sul divano.

Alla fine ognuna ebbe ciò che desiderava, eccetto Alberta. A La Parisienne non c'era posto per il caffè. E così si accontentò di una tazza di tè nero Assam.

"Quali sono i programmi per il tuo compleanno, Viola?" indagò Mavi, fissando l'amica dall'altra parte del tavolo.

"Aperitivo, cena e..."

"Danze?" propose Alberta.

"Danze!" approvò Chantal, con un applauso.

"Danze? Non siamo troppo vecchie per ballare?" protestò la festeggiata.

"Abbiamo appena cominciato, bambina," la canzonò Alberta. "Invitati? Quanti? Chi? Come?"

"C'è un tema?" interloquì Chantal.

"Ma ragazze! Sarà la stessa cena che ho organizzato l'anno scorso! Mi conoscete: pochi invitati, poco rumore..."

"Tanto affetto!" aggiunse Mavi.

"Ma i tuoi quarant'anni meritano qualcosa di diverso, di più memorabile!" insistette Alberta.

"Un party? Un ricevimento?" suggerì Chantal.

"Un ricevimento? A La Calmette?" trasalì Viola.

"Potremmo spostarci a Nîmes o a Montpellier," suggerì Alberta.

"Ma perché? Perché non possiamo fare quello che abbiamo sempre fatto?"

"Perché lo abbiamo già fatto. È tempo di cambiare!"

"Restiamo qui!" supplicò Mavi. "Io amo questo posto e..."

"Stiamo qui, ma facciamo qualcosa di speciale," mediò Chantal, con il tono di una psicoterapeuta navigata.

"Musica. Ci vuole senz'altro la musica," sentenziò Alberta.

"Concordo. Qui ci vuole una festa danzante," ribadì Chantal.

"Una rock band!"

"A La Calmette? Ma ragazze, siamo serie," si spazientì Viola.

"Io conosco un gruppo. Il cantante è un amico del mio fidanzato," s'intromise timidamente Azalée, che si era avvicinata per sparecchiare e aveva colto l'ultimo brandello di conversazione.

"Perfetto!" decretò Chantal.

"E ricorda lo champagne, Azalée," precisò Alberta.

"E la torta!" sottolineò Mavi.

"E... me! Conto ancora qualcosa?" s'indispettì Viola.

"Gli anni, amica. Al resto pensiamo noi," chiosò Alberta, che subito cambiò argomento e chiese: "Programmi per oggi?".

6.

La mattinata si esaurì in chiacchiere e risate in piscina, nonostante un mese di maggio poco incline a scaldare l'aria e l'acqua della vasca a forma di fagiolo.

Con l'eccezione di Mavi, che restò appallottolata nel suo accappatoio, le altre sfoderarono shorts e costumi da bagno, determinate a farsi baciare dai timidi raggi di sole. Chantal si fece decine di selfie con il cellulare e li inviò a Marcello; Alberta nuotò fino a sfiancarsi per dimenticare l'assenza di Toni; Mavi si dedicò al Sudoku per scacciare il senso di colpa da mamma e moglie in vacanza; Azalée corse avanti e indietro, portando litri di tè caldo e freddo; Chai scavò una buca profonda nell'unico angolo ombroso del giardino, sotto il pesco. E Viola tentò di registrare quei momenti, girando un documentario mentale di tutto ciò che stava succedendo sotto i suoi occhi. Non voleva perdersi nemmeno un dettaglio del capitolo "Amiche, Francia/anno III".

Per pranzo, si riunirono tutte intorno al tavolo in giardino, sulle sedie di ferro battuto, con l'eccezione di Chantal, che si sistemò a terra nella posizione del loto.

"C'è un'energia fantastica qui," dichiarò con un sospiro.

"Tutto merito di Viola," sancì Mavi.

"No, tutto merito della natura e del posto," si schermì Viola, perlustrando con lo sguardo i campi gialli e verdi che si stendevano piatti oltre la cinta di La Parisienne. La casa dominava l'angolo di campagna all'estremità ovest del villaggio, insieme alle mura e alla torre di mattoni rossi della distilleria di sidro.

"Non ti annoi? Non ti manca Milano? E la tua casa di Mentone?" le domandò Alberta, con la consueta schiettezza.

"Qualche volta. Tante volte, in effetti. Mi manca la nostra Milano, quella in cui stavo con voi, la Mentone di Manuel. Non i posti in sé. Sono le persone che fanno la geografia."

"O i sentimenti," sottolineò Chantal.

"O i negozi dove fare shopping!" ironizzò Mavi.

"*Donc*, quando vieni a Parigi da me?" la incalzò Alberta.

"E Torino? Devi passare un po' di tempo con l'Erede," propose Mavi.

"Ah no, prima tappa Milano, con i suoi nuovi Navigli!" la stuzzicò Chantal.

"Prima o poi verrò a trovare ognuna di voi. Per ora sto bene qui. C'è Chai, c'è il negozio. Adesso c'è Azalée. E poi ci sono le ragazze del bistrot, Sylvie e la sua *boulangerie*. C'è Leopold, sempre pronto a consolarmi con un bicchiere del suo sidro, e Vivienne e..."

"Ma noi siamo le tue amiche! Siamo la tua... famiglia!" reagì Mavi.

"Lo so. Infatti vi voglio bene. E sono molto felice che siate qui."

"Per cinque giorni all'anno. E poi?"

"Ci siete anche negli altri trecentosessanta! Ci siamo sempre l'una per l'altra, no?"

"Sì, ma per quanto possiamo telefonarci, o scriverci o vederci su Skype, non è così che... non è così che ci immaginavamo la tua, la nostra vita!"

"La nostalgia no, per favore. Non la sopporto." Alberta zittì Mavi e addentò vorace un tozzo di baguette.

"Faccio soltanto un esame di realtà."

"Pfuff, la realtà... È buona solo per costruirci i sogni."

"Io ringrazio ogni giorno la mia vita per tutto ciò che mi porta," affermò Chantal, servendosi una porzione di vellutata di porri e foglie di Assam.

"Davvero?" dubitò Alberta. "Ringrazi ogni giorno di fare la centralinista in un'azienducola quando avresti potuto e voluto fare l'artista? Chi si è diplomata a Brera? Chi ha studiato pittura a Parigi e a New York?"

"Io, ma è andata così," decretò Chantal, immergendo il cucchiaio nella fondina. "Ho scelto così. Nulla accade per caso. Evidentemente dovevo fare altro. Dovevo percorrere altre strade. Forse sono stata un'artista nella mia vita precedente e adesso dovevo, devo, sperimentare un altro percorso."

"*Je t'en prie*, Chantal! Di vita ce n'è una sola. E ci sta passando sotto il culo alla velocità della luce, ragazze."

"Alberta!" la riprese Viola.

"Non è così? Due settimane fa ho aggiornato il mio curriculum."

"Uno straordinario curriculum," puntualizzò Mavi.

"Trentanove! Trentanove anni di cosa? Studio, bevute, scopate, progetti, lavori... Viaggi, cene, party..."

"Una gran bella vita," sottolineò Mavi.

"Una bellissima e fottutissima vita. Eppure, ricordate l'addio al nubilato di Viola? Quell'alba davanti al mare, sotto Villa Luce a Zoagli, in cui ci siamo tutte immaginate come sarebbe andata da lì in poi? Tu, Viola, sognavi di passare tutta la vita con Manuel e di lanciare una collezione di moda tutta tua. Volevi fare la designer di borse e vivere tra le boutique e gli hotel di tutto il mondo. E tu, Chantal, tu volevi un atelier in Provenza dove dipingere quadri che tutti i galleristi del pianeta avrebbero osannato, preteso, strapagato! Ah, e volevi anche una figlia dai capelli rossi, e dei cani, e un uomo che ti amasse e ti regalasse una rosa bianca ogni sabato mattina. Sbaglio? E tu, Mavi. Be', tu sei l'unica di noi che ha realizzato tutte le sue aspettative: desideravi sposarti e ci sei riuscita, volevi un figlio ed è arrivato, volevi fare l'avvocato ed è quello che fai. Sei fortunata!"

"La fortuna non esiste. La fortuna è fatica, fatica e ancora fatica. E una soddisfazione ogni tanto. Tu, più di tutte, dovresti saperlo. Sognavi di fare l'architetto e progetti hotel a ogni latitudine. Non sei felice?" domandò Mavi.

Alberta replicò con una smorfia: "Voi lo siete?".

Tacquero tutte, rimestando la vellutata nel piatto.

"Io vorrei avere ancora vent'anni, come Azalée," sospirò Chantal, osservando la ragazza che andava e veniva dalla cucina. "Voi no?"

"E per farne cosa?" la provocò Alberta.

"Quello che non abbiamo fatto."

"Ma non avremmo fatto quello che abbiamo fatto," suggerì Mavi, affettando un altro po' di baguette.

"Vorresti dire che rifaresti tutto così come è stato?"

"In fondo, sì," disse Mavi.

"In fondo, no," replicò Alberta.

"In fondo, non lo so," ammise Chantal.

"In fondo, vorrei imparare a stare bene anche quando si sta male," mormorò Viola, alzandosi in piedi per sparecchiare.

"È quello che fanno tutti, a quarant'anni," chiosò Mavi. "La chiamano maturità."

7.

Quando si ritrovarono in salotto per il tè delle cinque,
tra i morbidi cuscini di alcantara del grande divano a L, una
aveva dormito (Mavi), una s'era arrossata flirtando con il
sole (Chantal), un'altra s'era arrabbiata (Alberta, con Toni)
e Viola aveva pianto. Le si era rotta una delle dighe che cu-
stodiva dentro di sé, di quelle che teneva sotto controllo da
così tanto tempo da dimenticarne la pericolosità e la portata. L'aveva costruita dopo la morte di Manuel per arginare
l'incredulo dolore di essere diventata improvvisamente vedova a trentasette anni, dopo quattordici anni di matrimonio. Da allora, era una donna *vidua*, in latino "vuota". E
faceva il pieno di lacrime e di solitudine. Asciugò le une e
tentò di allontanare l'altra concentrandosi sulle sue ospiti e
sulla sua tecoteca. Lasciò vagare lo sguardo sulla collezione
di tè e selezionò le foglie più adatte per quella riunione di
cuori senza i quali il suo, forse, avrebbe cessato di battere
e combattere. Se non ci fossero state loro, tre anni prima, a
sostenerla, consolarla, coccolarla, nutrirla, distrarla, ascoltarla, lavarla, vestirla, assisterla e vegliarla, lei non sarebbe sopravvissuta. Di questo Viola era certa. E lo fu anche
quando riempì i filtri di bambù di Omamori, la sua miscela
preferita, e la distribuì nelle tazze. Era stata lei a scegliere il
nome giapponese per quella miscela di tè verde e frutti ros-

si: significava "per tua protezione". E lei ne aveva bisogno ogni giorno.

Con la bevanda in tazza, era stato amore al primo sniffo. Se n'era innamorata da bambina, quando aveva tuffato il naso per la prima volta nelle scatole di latta rossonera che il signore del tè portava a Villa Luce ogni settimana da Nizza, dentro il borsone di tela fiorata. Il giapponese Iwao si presentava a Zoagli ogni mercoledì alle quattro in punto e suonava il campanello con un lungo trillo che riecheggiava per tutte le stanze e oltre, tra gli oleandri, le palme e il pino marittimo di vedetta tra il mare e il giardino.

La madre di Viola gli tendeva la mano e un sorriso lucido di rossetto, lui allungava le labbra per baciarle le dita e spalancava gli occhi d'ambra orientale, piatti e senza ciglia.

Insieme prendevano posto in salotto, intorno al tavolo da gioco in radica e alla grande teiera di ghisa rossa. Al posto di regine e cavalli, allineavano sulla scacchiera piccole ciotole di vetro trasparente, dentro le quali depositavano pizzichi di polvere verde, biglie di foglie, compresse di fiori e millilitri di acqua fumante. Restavano così, in attesa dell'infusione perfetta, in una nuvola di fragranze che svaporava sopra le loro teste complici. In quei rari momenti, sua madre sembrava finalmente felice.

"Non dormivo così da mesi," confessò Mavi, stiracchiandosi sul divano come una gatta. "Solo io so quanto ne avevo bisogno."

"Dev'essere dura per te, tra lavoro, casa e l'Erede," disse Chantal comprensiva, senza smettere di controllare i messaggi sul suo cellulare. "Stavo pensando a te, una bimba dagli occhi vivaci, che capisco da come mi abbracci che hai avuto più giochi che baci," le aveva scritto Marcello, copiando le parole del rapper Emis Killa.

"Lo è. A volte vorrei dare le dimissioni da madre e da moglie. Ma non si può!" sospirò Mavi.

"Però puoi prenderti una vacanza."

"Quando sei mamma, non sei mai davvero in vacanza. Per quanto io possa allontanarmi e tentare di rilassarmi, l'Erede è sempre con me. Avrà mangiato, bevuto, fatto pipì?, mi chiedo continuamente. E poi: Starà bene senza di me? Lo staranno coccolando, amando, capendo quanto lo coccolo, lo amo, lo capisco io? E se si ammala? E se cade? E se si rompe un braccio, una gamba, la testa? E se muore mentre prendo il sole con le mie amiche? Da quando ho partorito, Chantal, non sono mai più stata sola!"

"Non è questo il bello della maternità? Condividere, prolungare se stesse in un'altra vita, darsi," si animò Chantal.

"Uhm, sì. È che a volte vorresti tornare indietro e riavvolgere il nastro. Tutto qui," aggiunse Mavi massaggiandosi il viso stropicciato.

"E non fare la mamma? Non ci credo! Pensa a tutto l'amore che ricevi e riceverai. L'Erede ti adora."

"Sì. E anch'io lo amo! Ma ci sono giorni in cui tornerei volentieri single come te. Invidio la tua libertà."

"La mia solitudine, semmai."

"Ma se hai mille amici, mille interessi, mille storie! Tu sei strafortunata."

"Ma non ho né marito né figli, faccio la centralinista in un'azienda di pazzi e a novembre compirò quarant'anni, nel caso te lo fossi scordato."

"Anch'io. E allora?"

"Tu hai costruito una famiglia e hai dato un senso alla tua esistenza con l'Erede!"

"*Donc*, la finite con queste stronzate da rivista femminile?" intervenne Alberta, chiudendo il suo computer e saltando giù dal divano come una ragazzina.

"Non sono..." tentò di giustificarsi Chantal.

"Stronzate? *Oui*, lo sono. Hai dimenticato, Mavi, quanto ti sei dannata perché non riuscivi a rimanere incinta? E tu, Shanti, dici sempre che nulla accade per caso," attaccò Alberta.

"Che c'entra? Nulla accade per caso, ma io desidero un compagno accanto a me. E magari un figlio. Che c'è di male?"

"Niente, ma se non succede ci sarà un perché. Probabilmente sei destinata ad altro. Come me."

"Tu non hai mai voluto una famiglia," chiarì Mavi.

"Me ne sono fatta una ragione, tutto qui," tagliò corto Alberta, irrigidendosi.

"Io non ancora, non del tutto. Una parte di me continua a sperare," dichiarò Chantal.

"Infatti non sei ancora morta. E finché c'è vita..."

"Ma ho quarant'anni! E non ho un marito!" piagnucolò Chantal.

"E da quando serve un marito per diventare madre?" la provocò Alberta. "Basta un amante. O un'iniezione di spermini nella clinica della fertilità."

"Che orrore!"

"È un metodo rapido, indolore, sicuro e privo di effetti collaterali: niente matrimonio, convivenza, calzini spaiati e parenti serpenti al pranzo di Natale."

"Ma i figli devono avere un padre! E io un marito!"

"I figli devono avere una madre. Il padre è..."

"...una riserva," sancì Mavi. "Sta in panchina ed entra in campo ogni tanto, quando non ne può fare a meno. Per il resto, se ne sta seduto a fare il tifo e guardare la partita," spiegò.

"Da quando ti interessi di calcio?"

"Da quando Giorgio ha comprato l'intero pacchetto Sky Sport. Guardiamo solo quello."

"Tu e lui, romanticamente accoccolati sul divano?" ironizzò Alberta.

"Lui e l'Erede comodamente sul divano, io più disgraziatamente dalla cucina, mentre sparecchio, lavo, pulisco e faccio liste. E quando sono pronta per raggiungerli, lui, il marito, scende in studio a lavorare. E io me ne vado a letto. Con l'Erede addormentato e attaccato al collo."

"Wow, che appassionante quadretto famigliare. Adesso sì che ho voglia di un marito," commentò Alberta sarcastica.

"Chi ha voglia di un marito?" domandò Viola, raggiungendo le amiche con due tazze di Omamori in ciascuna mano.

"Chantal," rispose Alberta. "E anche Mavi."

"Mavi ce l'ha già!"

"Sì, ma credo che lo cambierebbe volentieri."

"Non ho mai detto di... Giorgio è..." abbozzò Mavi.

"Perfetto," sentenziò Viola.

"Affidabile?" giudicò Chantal.

"Egocentrico!" stabilì Alberta.

"Lo sono tutti, e io lo so bene: ho avuto parecchi mariti... delle altre!" ironizzò Chantal.

"Forse per questo non ne hai uno tutto tuo?" la provocò Mavi.

Chantal fece spallucce. "Il fatto è che non girano con il cartello 'Sono sposato'. Come li riconosco? La fede ormai non la porta più nessuno!"

"Magari ponendogli qualche domanda, prima di accettare un invito?"

"Ma conosco già la risposta: 'Sono in crisi e voglio separarmi'."

"'E non faccio più sesso con mia moglie': si giustificano tutti così," concluse Alberta.

"Come lo sai?" la incalzò Mavi.

"Perché ci vado a letto. Ogni tanto. Be', ci andavo. Prima di incontrare Toni."

"Vorrei proprio conoscerlo, questo Toni," disse Viola curiosa.

"Potrei invitarlo alla tua festa di compleanno."

"Perché no? Buona idea."

"No!" s'intromise Mavi. "Questi giorni sono nostri: niente mariti, compagni, fidanzati, amanti... Niente uo-mi-ni. È la regola!"

"Uff, come sei noiosa," sbuffò Alberta.

"Invitalo," insistette Viola. "Sarà un piacere conoscerlo. Anche per Mavi. Ancora tè?"

8

Il bistrot delle sorelle Gaultier era più affollato di candele che di avventori. Ce n'erano su tutti i tavoli, sul bancone del bar, intorno alla cassa e persino sul pavimento, all'interno di lanterne di vetro che illuminavano angoli e perimetro, creando giochi di ombre cinesi sulle pareti di mattoni scrostati. Ma non erano nulla in confronto ai fiori che tutti i giorni Valerie si ostinava a disporre in ogni centimetro di spazio libero, sotto lo sguardo accigliato di Jeanette, la maggiore delle due. La quale avrebbe fatto a meno dei fiori, se soltanto avesse potuto fare a meno di sua sorella. Ma da sola non poteva gestire cucina e servizio in sala. Così, tollerava i petali e le manie *décor* di Valerie, a patto che quest'ultima facesse lo stesso con il suo amore per il vino e le etichette *d'antan*.

A godere dell'accordo erano i clienti, i quali ingollavano ottime annate e ottimi manicaretti in un ambiente intimo e accogliente come un salotto d'altri tempi, che sembrava abbracciarli e riscaldarli tutti.

Viola aveva riservato per la cena con le amiche il tavolo rotondo davanti alla finestra, il suo preferito. Che aveva il diritto di occupare anche da sola, quando le nuvole che le si agitavano dentro assumevano la sagoma minacciosa di qualche mostro o, peggio, di qualche rimpianto. Ne aveva parecchi, di rimpianti. In quei momenti, le sembrava di non aver fatto altro nella sua esistenza che accumulare cose non dette che avrebbe voluto dire e cose non fatte che avrebbe voluto fare. Eppure, era stata apparentemente libera di agire come meglio riteneva. Ammesso che sapesse qual era il meglio. Forse non lo aveva mai saputo e non lo avrebbe saputo mai. Allora si sedeva a tavola, ordinava il piatto della *maison* (un mix di formaggi, verdure e salsine) e una buona bottiglia di vino per dissipare i nembi che le adombravano la mente. Al terzo bicchiere, in genere, smettevano di tormentarla. E lei si avviava verso casa sollevata, come se si fosse liberata di un gran peso o lo avesse momentaneamente depositato altrove, lontano.

A suo marito pensava pochissimo, ma spessissimo: era costantemente nei suoi pensieri ma non aveva più volto, non aveva più mani, non aveva né profumo né suoni. Non riusciva a dargli una sagoma né a collocarlo su uno sfondo. Sapeva che c'era stato, che era ancora da qualche parte dentro di lei, ma non lo trovava. E forse non lo cercava nemmeno. Quando si sforzava di figurarselo, lo rivedeva sempre con l'espressione sconvolta di quell'ultima sera, quando era comparso all'improvviso dietro il vetro del ristorante dove lei stava cenando con Charles.

"*Violà, quel plaisir!*" la salutò allegra Valerie, distogliendola dalle sue elucubrazioni e riportandola là dove avrebbe dovuto essere, e cioè a tavola con le sue amiche. Le quali aspettarono che fosse lei a ordinare per tutte le specialità del menu: tris di *quiche* alle verdure, riso rosso della Camargue con *confit* di finocchio, *salade* e *fromage de chèvre* per lei e per Chantal, *gardianne de taureau* – il tipico spezzatino di toro della Camargue – per Alberta e l'insaziabile Mavi. E una bottiglia di Gris des Gris per accompagnare i piatti.

"A cosa brindiamo?" chiese Mavi, quando il vino sbarcò sulla tovaglia a quadri bianchi e gialli, macchiandola.

"Ai quarant'anni di Viola," propose Chantal.

"A noi," ribatté lei.

"Al vino, alla vita, all'amore, al sesso, al cibo... A tutte le cose belle e buone," ribadì Alberta.

"E che spesso fanno male," aggiunse Mavi.

"Ma più spesso fanno bene! E danno un senso alle nostre giornate," replicò Alberta.

"Al vino, a noi, a questo preciso momento," chiosò secca Viola, portandosi il *ballon* colmo di Gris des Gris alle labbra, subito imitata dalle amiche.

"Aspetta, aspetta! Ci vuole una foto!" esclamò Chantal, estraendo il suo cellulare dalla borsa e guardandosi intorno, in cerca di un papabile fotografo.

"Permette?" chiese all'uomo brizzolato che stava cenando con un amico al tavolo di fronte. "*Merci, merci, merci*," proseguì poi, istruendolo sulle modalità dello scatto prima di unirsi al gruppetto in posa.

"*Un, deux, trois...*" contò lui, poi immortalò le quattro donne.

"Bel tipo," commentò Mavi, facendo l'occhiolino a Chantal. La quale mugugnò e inviò la foto appena scattata a tutte le amiche e a Marcello.

"Da quando sei così... digital?" indagò Mavi.

"Da quando ho uno smartphone," rispose Chantal, senza mollare la presa.

"E qualcuno da messaggiare," aggiunse Alberta con un sorriso sornione.

"Comunque il bel tipo ti sta fissando," le fece notare Mavi.

Chantal alzò appena gli occhi, li roteò alla sua sinistra e li riportò rapida al centro.

"Non sta guardando me, ma Viola," decretò.

"Lo conosci?" domandò Mavi.

"No, non mi pare di averlo mai incontrato prima da queste parti. Sarà un turista," disse Viola, infilzando con la forchetta la *quiche*.

"Decisamente materassabile," diagnosticò Alberta, girandosi sulla sedia e squadrandolo senza pudore.

"Un po' vintage per i miei gusti," commentò Chantal.

"Vintage?" ripeté Alberta.

"Vecchio stile. Troppo normale," chiarì Chantal.

"Io direi più che normale," insistette Mavi, lanciandogli un'occhiata indiscreta. "Viola?"

Valerie le interruppe, piazzando una bottiglia di champagne e quattro *flûtes* al centro della tavola. "Da parte di *monsieur le photographe, là bas*," spiegò, versando le bollicine nei bicchieri.

"Che meraviglia!" si lasciò scappare un'eccitata Mavi. "Da quanto tempo un uomo non vi offre da bere così, da un tavolo all'altro?"

"Tre giorni," scherzò Alberta.

"Una settimana," calcolò Chantal.

"L'altroieri?" disse Viola, reggendo il gioco delle amiche.

"Dico sul serio!" ribadì Mavi.

"Anche noi," replicò Alberta, strizzando l'occhio.

E scoppiarono in una risata allegra, levando i calici in direzione del lusingato *monsieur le photographe*.

9.

Chantal si sistemò al volante, impaziente di mettersi alla guida. Amava la "giornata della gita", come chiamava l'escursione che ogni anno si concedevano tutte insieme.

Questa volta avrebbero raggiunto il villaggio fortificato di Aigues-Mortes, cuore della Petite Camargue, e lei non vedeva l'ora di partire. Aveva indossato i suoi pantaloni da yoga lilla e una T-shirt bianca a maniche lunghe sotto il pullover. Senza trucco, esibiva al sole tutte le sue lentiggini. E anche le rughe, rifletté tristemente, mentre il telefonino bippava l'ennesimo messaggio rap di Marcello: "Sei bella truccata come sei bella struccata, mi sa che non hai bellezza è la bellezza che ti ha. Buongiorno baby".

Chantal rimase spiazzata dalla perfetta sincronia di quelle parole e si concesse un breve concerto di colpi di clacson per sollecitare le amiche. Era ora di mettersi in viaggio, non c'era tempo da perdere.

Viola la raggiunse per prima, portando con sé il cestino da picnic che Azalée aveva preparato, Mavi arrancò dietro di lei, ansimando sotto l'immancabile foulard arancione, e Alberta spalancò la finestra della stanza urlando che stava arrivando, nonostante fosse evidentemente ancora in pigiama. Chai, intanto, approfittando della momentanea confusione, saltò nel bagagliaio accanto al cestino e al suo goloso contenuto. Infine partirono, ognuna con una diversa aspettativa: avere qualcosa di eccitante da raccontare a Marcello (Chantal), dimenticarsi a casa i pensieri (Viola), aggiungere un luogo e un pasto alla lista delle cose fatte (Mavi), incappare in una nuova avventura, magari a cavallo con un buttero (Alberta), seguire la sua padrona in capo al mondo (Chai).

Viaggiarono dapprima lungo l'autostrada e poi lungo carreggiate sempre meno trafficate, in un silenzio interrotto da Radio Totem, dai bip dei messaggini di Chantal, dalle esclamazioni piene di meraviglia di Mavi e dalle battute irriverenti di Alberta. Viola annuiva, sorrideva, interloquiva ma non si divertiva. Non ci riusciva più da anni, nonostante i fiori di Bach, la meditazione, più spesso gli antidepressivi. Si chiese se prima o poi sarebbe tornata in superficie, smettendo di esplorare gli abissi come una sirena triste e muta, capace soltanto di respirare in attesa di approdare su una qualche spiaggia. Forse avrebbe dovuto prenotare una vacanza: Caraibi, Canarie, Messico...

"Viola, va bene se svoltiamo qui?" le domandò Alberta.

L'auto si lasciò alle spalle il nastro grigio della strada provinciale per proseguire lungo una striscia scolorita, più stretta e sconnessa, affiancata da canne e paludi animate da uccelli e rari cavalli bianchi al pascolo.

"Che meraviglia!" commentò Mavi dopo qualche metro e dopo l'ennesimo mulino che interrompeva il piatto profilo del paesaggio camargo. Davanti a loro, i bastioni fortificati di Aigues-Mortes si ergevano in tutta la loro gialla prepotenza contro gli stagni bluastri, come un miraggio, e il mare era una tenda azzurrognola stesa sul fondo dell'orizzonte.

Parcheggiarono a pochi metri dalla chiesa gotica di Notre-Dame des Sablons, lasciandosi alle spalle la campagna e il canale ammobiliato di chiatte. La prima a scendere fu Viola, che afferrò il cesto delle vettovaglie e liberò Chai. La cagnetta balzò a terra, allungò le zampe anteriori, sbadigliò e poi scodinzolò irrequieta. Alberta scese dall'auto, distese le braccia sopra la testa, si pettinò i capelli con una manata e disse: "Pronte?". Mavi indossò le scarpe che si era levata durante il tragitto, legò meglio il foulard arancione intorno alla testa, inforcò gli occhiali da sole e rispose: "Pronta!". Chantal chiuse la macchina con il telecomando, fletté la schiena in avanti fino ad afferrare le caviglie con le mani, rilassò la colonna vertebrale, si sollevò e rovistò nella borsa alla ricerca del cellulare. Infine chiese: "Da che parte si va?".

Il quintetto si avviò compatto verso la piazza centrale e si inoltrò tra i negozi di artigianato, le bancarelle delle spezie, i tavolini all'aperto dei bistrot e i chioschi delle *crêpes* dolci e delle cialde salate. Poi si sparpagliò, chi per fare incetta di sacchetti di lavanda essiccata, chi per fare scorta di tovaglie e salviette provenzali, chi per contrattare il prezzo dei ciondoli a forma di pugnale, chi per collezionare foulard e sciarpe che oscillavano al vento. Infine il gruppo si riunì per proseguire fino al fondo dell'abitato, verso il grande campo verde oltre la torre di Costanza dove avrebbero steso al sole la tovaglia bianca.

Azalée aveva pensato proprio a tutto. Viola la ringraziò mentalmente, sentendosi benedetta per averla incontrata e ospitata. Da tre giorni non passava dal negozio, doveva assolutamente andarci e controllare che tutte le miscele fossero disponibili, che i pacchetti fossero ben confezionati, che le etichette fossero in bella vista e la vetrina debitamente addobbata. E poi che i conti tornassero, ovvio. Il suo non era un business milionario, ma le dava di che vivere. E ora stava pensando addirittura di ampliarlo, magari con catering su misura e consulenze nel mondo del tè. Non aveva dimenticato la sua passione per la moda, ma aveva incanalato la sua creatività nelle tazze che serviva e preparava con amore, e la sua fame di studio nella conoscenza di quella bevanda così antica. Nel tempo aveva accumulato una notevole esperienza grazie ai libri, ai corsi di degustazione della scuola del Palais des Thés di Nizza e Parigi e alle lunghe chiacchierate con l'ormai scomparso Iwao. "Non c'è problema che una tazza di tè non possa ridimensionare," era solito ripeterle. I primi tempi, quando Viola si era rifugiata nel Gard, il tè era stato il suo unico conforto. Lo aveva bevuto per stare sveglia e per dormire, per tirarsi su e per calmarsi, per darsi una botta di energia, per non sentirsi sola, per occupare il tempo, per allontanare il dolore, per darsi un tono e uno scopo momentaneo. Per decidere se la tazza che aveva davanti era mezza vuota o mezza piena. O irrimediabilmente spaccata e inutile.

Mavi intanto apparecchiò il tavolo d'erba in mezzo a loro. Distribuì piatti, bicchieri, posate. E sbocconcellò un po' di pane di nascosto dalle altre. Quel vuoto che aveva dentro non si colmava mai. Richiedeva costanti immissioni di bocconi, di calorie, di contenuto che la facesse sentire a posto con il mondo. A se stessa non sarebbe mai piaciuta, ma agli occhi degli altri voleva apparire, se non perfetta, almeno intenta a provarci. Più di una volta, davanti al suo continuo abbuffarsi di snack e praline di cioccolato, suo marito aveva scosso la testa, in segno di disapprovazione. E lei aveva reagito ingurgitandone di più, ancora più velocemente. Ma l'Erede non sarebbe diventato una piccola palla di lardo. Con lui Mavi stava attentissima e pesava ogni singolo alimento. Anche i dolci erano razionati: un biscotto dopo pranzo, due a merenda e uno la sera prima di coricarsi. Era una brava mamma. Nessuno avrebbe potuto negarlo.

Alberta misurò il campo con ampie falcate prima di dirigersi verso la fortificazione di pietra gialla, dietro la quale sparì. Chantal invece fece intensi esercizi di respirazione a occhi chiusi, con le braccia e i palmi delle mani aperti e rivolti verso il cielo di smalto azzurro sopra la sua testa. Chai corse avanti e indietro fino a sfiancarsi, e soltanto quando ebbe sete si rifugiò tra le gambe snelle di Viola, in cerca di una ciotola d'acqua. Viola era sempre stata bella, pensò Mavi fissandola. Aveva sempre avuto un fisico slanciato ma ben proporzionato, con le gambe lunghe e sottili di una gazzella. E quegli occhi grigioverdi, la chioma color miele. Aveva sempre avuto un codazzo di spasimanti dietro di sé. Eppure, a parte qualche flirt adolescenziale, non s'era concessa molte storielle. Si era innamorata di Manuel a diciannove anni e l'aveva sposato a ventitré. Di tutta quella bellezza aveva fatto soltanto sfoggio professionale, dopo che un agente di modelle l'aveva fermata in via XX Settembre a Genova, e l'aveva convinta a sfilare e a trasferirsi a Milano. Da lì, era stato un rapido e proficuo susseguirsi di cataloghi (costumi da bagno, gioielli, pellicce), riviste di moda, *défilés*, e la pubblicità di una marca di reggiseni che aveva fatto il giro d'Italia sui cartelloni e sui giornali. Dopo il matrimonio a Zoagli nella villa di famiglia e il viaggio di nozze in Giappone, però, Viola aveva detto basta a quello che era ed era stata. Era scesa dalla passerella e si era messa d'impegno a disegnare borse e accessori, ma non era mai soddisfatta del risultato, del pellame, delle finiture, dei ganci, delle borchie, delle dimensioni. Così aveva rimandato il suo campionario e la sua produzione di mese in mese e di anno in anno, finché aveva smesso di parlarne. E lei, Mavi, aveva smesso di chiedere notizie. Di quel periodo conservava una pochette di pelle di struzzo rosa che Viola le aveva regalato. Non l'aveva mai utilizzata e non prevedeva di farlo, ma non riusciva a liberarsene: era il simbolo della sua, della loro giovinezza. La conservava nel baule, insieme alle foto e ai diari del liceo, i dischi di vinile di Madonna e di Michael Jackson, i poster dei Guns N' Roses e la cartella gialla con le palme di Naj-Oleari.

"Ragazze, a tavola!" annunciò Viola in quell'istante, agitando le braccia in direzione delle amiche. Le quali accorsero come passerotti attratti dalle briciole e si sedettero a terra, sul maxitelo che Azalée aveva premurosamente preparato insieme alla tovaglia.

"Che meraviglia!" commentò prevedibilmente Mavi alla vista dei tramezzini al salmone e Darjeeling e all'insalata di gamberetti al tè verde Long Jing. Chantal si buttò sulle patate al rosmarino e foglie d'Orange Pekoe, Viola si servì una porzione di pollo cucinato in salsa di tè nero dello Yunnan, mentre Alberta si versò una tazza di Mojitè, lo speciale mojito a base di tè.

"Cin cin!" brindò Alberta, accendendo l'iPad e selezionando l'ultima compilation di musica jazz che Toni aveva scaricato per lei.

Le mancava, ma le costava ammetterlo. Una parte di lei non era pronta ad accettare che Toni fosse il centro dei suoi pensieri e l'ago della sua bilancia emotiva. Per anni aveva vissuto per se stessa e per nessun altro. E se n'era fatta un vanto. L'amore è una galera, ripeteva a se stessa e agli altri. Ma ora smaniava di entrarvi e di essere condannata alle sbarre.

"È una questione di principio," stava blaterando intanto Mavi, raccontando della sua ultima sfuriata con la sorella con la quale non era mai andata d'accordo e con la quale condivideva l'eredità di un padre scorbutico, prepotente e lunatico.

"Tu hai troppi princìpi!" la canzonò Chantal.

"E pochi prìncipi," scherzò Mavi.

"Ne hai uno tutto per te, non ti basta?"

"Ma non porta più la calzamaglia azzurra!"

"Giorgio gira in tanga?" saltò su Alberta.

"Ragazze!" le zittì Mavi, trattenendo a stento le risa. "Vi stavo parlando di mia sorella..."

"Tua sorella è sempre la solita parac... opportunista. E lo è da più di vent'anni. Quando ti rassegnerai?" puntualizzò Alberta.

"Mai. È una questione di principio," chiarì Chantal, imitando Mavi. La quale lasciò che le risate la sommergessero.

10.

Dopo una generosa dose di *compote* di mele e tè aromatizzato al cocco, tutte e quattro decisero che era tempo di imbarcarsi sul battello e inoltrarsi nella laguna fino al Mas de la Comtesse per assistere allo spettacolo dello sbrancamento e della tradizionale marchiatura a fuoco dei tori camarghi. Lasciarono quel che rimaneva del picnic in auto e si avviarono verso l'imbarcadero, oltre la forbice d'acqua del porto. Salirono a bordo della chiatta, presero posto a prua e si sedettero rigide come scolarette sulle panche di legno cerato, mentre la guida munita di altoparlante descriveva i momenti salienti della navigazione lungo i canali della Camargue.

"E questo chi è?" chiese una curiosa Alberta a una ritrosa Chantal accanto a lei, che inviava cuoricini sul telefonino, incurante del paesaggio che la circondava.

"Un... un collega."

"Del call center?"

"Di yoga."

"Ah, un insegnante di yoga."

"E anche un musicista. Un... un rapper."

"Sposato?"

"Nooo."

"Figli?"

"No, non credo."

"Età?"

"È un po' più giovane di me."

"Quanto più giovane?"

"Uff, come sei curiosa! Un po'."

"Tre, cinque anni, sette anni?"

"Eh, più o meno."

"Più o meno?"

"Guarda là, c'è un cavallo!" disse Chantal, nel tentativo di svicolare dall'interrogatorio di Alberta.

"Bello. *Donc*, dicevamo..."

"Smettila, su. Non è importante."

"Lui o l'età?" la incalzò Alberta.

"L'età. Lui... chissà! Siamo usciti insieme la sera prima che partissi. Ma non sono affari tuoi," tagliò corto Chantal, nascondendo il cellulare in tasca.

"Tanto più è giovane, tanto più hai la mia approvazione, purché sia maggiorenne!" Le due ridacchiarono, mentre l'imbarcazione accostava lungo la riva, preparandosi a ormeggiare e scaricare i passeggeri che, da lì, avrebbero proseguito a piedi sino alla fattoria e al grande spiazzo dove la *manade* di butteri a cavallo stava già scalpitando.

"Chi è maggiorenne?" s'incuriosì Mavi.

"Il toy boy di Chantal," dichiarò Alberta con finto candore, dirigendosi verso poppa.

"Alberta!" la riprese Chantal.

"Cosa cosa cosa?" insistette Mavi, mentre le amiche procedevano ordinatamente dietro la guida.

Intanto i tori si scatenarono nel recinto, risvegliati dalle urla dei butteri armati di lazo e dallo scalpiccio dei loro cavalli bianchi, ai quali si sommò l'applauso e il vociare degli spettatori e... delle spettatrici, prima fra tutte un'infervorata Alberta. La quale tanto fece che finì per montare in sella con un buttero evidentemente colpito dal suo appassionato fervore... o forse dallo smagliante décolleté evidenziato dalla maglietta rosso fuoco. I due fecero insieme un paio di giri al galoppo nell'arena, poi si lanciarono all'inseguimento di un toro dal manto scuro e lucido, lo catturarono e lo trascinarono dietro di loro, recalcitrante. Più tardi, sarebbe stato marchiato insieme al resto della mandria, tra i suoi lamenti e le grida degli astanti.

Chantal chiese scusa all'universo per la sorte della bestia, Mavi batté le mani, Viola scattò una foto, Chai abbaiò nervosa. Era tempo di rientrare.

11.

Ogni volta che Viola percorreva quell'ultimo tratto di strada verso La Parisienne, l'unico in salita nel raggio di chilometri, non poteva fare a meno di ricordare il disperato viaggio che l'aveva condotta lì, più di tre anni prima. Era iniziato la notte successiva al funerale di Manuel, nato, cresciuto e sepolto a Genova. Stava seduta rigida e impotente, come paralizzata, nel suo letto di Villa Luce che, da ragazzina, l'aveva abbracciata e protetta da ogni cosa. Nonostante i sonniferi, non era riuscita a chiudere né gli occhi né il cuore, tantomeno i condotti delle lacrime. Aveva avvertito i neuroni del suo cervello affannarsi perché le braccia e le gambe ubbidissero e si rilassassero, ma quelle no, non ne avevano voluto sapere di distendersi. Erano rimaste contratte, aggrovigliate in una morsa che si faceva a ogni minuto più stretta e inesorabile. Aveva pensato alle ninfe che gli dèi tramutavano per punizione in pianta o in pietra: lei sarebbe diventata un rovo secco e impenetrabile, buono soltanto per accendere il fuoco, e forse nemmeno quello.

Si era immaginata di divampare, con le ossa che crepitavano tra le fiamme fino a ridursi in cenere, polvere, terra. Finalmente nulla. Allora avrebbe trovato pace. Invece no, non poteva. Non finché avesse potuto respirare, vedere, sentire, ricordare. Non finché fosse stata viva.

Quando Chantal l'aveva raggiunta per vegliarla, Viola l'aveva supplicata: "Uccidimi," le aveva detto. E aveva continuato a chiederlo ininterrottamente sino all'alba, quando era crollata in un sonno cupo e senza sogni. Lo aveva domandato l'indomani a Mavi, il terzo giorno ad Alberta. Infine, si era rassegnata a sopravvivere, minuto per minuto, ora per ora. E lentamente aveva iniziato a districare tutti i rami che lo strazio le aveva generato dentro. Tre settimane più tardi, aveva detto che voleva tornare a Mentone, nella casa del suo matrimonio. Aveva preparato una borsa di vestiti e di tè ed era partita. Ma non era mai arrivata a destinazione. Aveva proseguito dritto lungo l'autostrada francese in fuga da se stessa, senza sapere dove e quando si sarebbe fermata, se non per fare benzina. Era una giornata tiepida, di una primavera timida e appena nata. Nell'area di sosta di Vidauban, aveva acquistato una bottiglia d'acqua minerale, un croissant e una carta stradale che aveva aperto sul tavolo di legno del *dehors*. Aveva cominciato a studiarla, tracciando possibili rotte da est a ovest con l'indice della mano destra, mentre sbocconcellava malvolentieri la sua colazione. Dopo pochi minuti, ne aveva donato metà alla cucciola di Breton pezzata che si aggirava affamata intorno ai suoi piedi. Il cane del gestore? Intanto, il suo indice affrontava colline, montagne, avvallamenti, fiumi e spiagge. S'inoltrava nelle campagne e si bagnava lungo la costa, si graffiava tra le vigne e si arrampicava tra le rocce, si smarriva nelle città per ritrovarsi nei boschi e nelle paludi di un'area che Viola non conosceva e che le era, dopotutto, indifferente. Infine, il suo polpastrello aveva rallentato nei pressi di un villaggio nell'entroterra di Nîmes, un puntino d'inchiostro sulla mappa identico a centinaia d'altri nella stessa regione, ma con un nome che sembrava contenere ciò che Viola stava cercando: La Calmette. Di quello sentiva il bisogno. Di una piccola dose di tregua. Di una calma minima e apparente dopo la tempesta che l'aveva spazzata via da se stessa, strappandola per sempre dal suo passato per gettarla in un futuro senza direzione.

"*Bienvenue à La Calmette!*" annunciò garrula Mavi, non appena furono all'ingresso del vecchio borgo medievale attorcigliato a spirale sull'unica collinetta, *la calmette* appunto, che spuntava come il guscio di una lumaca grigiastra lungo la strada per Alès, a nord di Nîmes. "Siamo *à la maison*," aggiunse felice, facendo artificiosamente sfoggio del suo francese.

"Non vedo l'ora di tuffarmi in piscina," disse Alberta.

"E io di meditare un po'," chiosò Chantal.

"Sulle doti del tuo nuovo toy boy?"

"Perché no?" ammiccò Shanti.

Viola si riscosse dal suo torpore, si sforzò di sorridere e si apprestò a scendere dall'auto per spalancare il cancello di ferro bianco di La Parisienne. Era a casa, ammesso che ci fosse un posto al mondo che lei potesse chiamare così.

Con un inchino, accolse l'auto a noleggio di Chantal, scaricò il bagagliaio insieme alle altre, si diede da fare in cucina, spedì tutte in piscina, in giardino, a cuccia o dove preferivano stare. E finalmente si concesse una tazza di tè di Taiwan, che sorseggiò in solitudine. Il tè si beve per dimenticare i rumori del mondo, le ricordava sempre Iwao. Nel suo caso, il mondo era tutto dentro di lei. E non stava mai zitto.

12.

L'orario della cena fu posticipato per consentire a Mavi di farsi un bagno caldo, a Chantal un riposino, ad Alberta una conference call con Martini Dry a portata di sorso. Viola ne approfittò per riprendere le fila del suo lavoro. L'indomani sarebbe senza dubbio passata dal negozio, riconoscibile da lontano per l'insegna verde che lei stessa aveva dipinto, e sulla quale Chantal aveva disegnato una grassa teiera d'oro appesa a una piuma. Senza dimenticare il sito di vendita online da aggiornare. Così, armata di una connessione non sempre rapida ma tutto sommato affidabile, spedì confezioni di tè con il suo logo in ogni angolo del mondo. Era una cosa, questa, che le dava una soddisfazione difficilmente descrivibile a parole: quei pacchetti in viaggio per il globo le mettevano le ali al cuore, come se lei fosse foglia tra le foglie di tè e potesse esistere in più luoghi e in più dimensioni. E rinascere ogni volta in una tazza diversa.

Lavorò concentrata, senza concedersi distrazioni, fino allo squillo del telefono. Era sua madre, che chiamava per sincerarsi che la figlia stesse bene e per augurarle buon compleanno in anticipo di ventiquattr'ore, come faceva sempre. "Le vigilie sono più importanti dei giorni di festa," diceva. Infatti lei anticipava tutto: ricorrenze, anniversari, festività. Persino l'ultimo dell'anno. Lo festeggiava il 30 dicembre, gettando via il 31 come spazzatura. Era il suo modo di prendere le distanze dalle inevitabili delusioni di *madame* l'Esistenza. "Se non ti aspetti niente, non ti accadrà niente (di male)" era uno dei suoi celeberrimi detti. Non aveva mai nutrito una speranza o un'illusione, nemmeno un desiderio. Era stata una ricca ragazza-madre di ottima famiglia, sacrificatasi sull'altare di una maternità inopportuna ma fortemente difesa davanti alla sua cerchia, segno che lei poteva fare della propria vita ciò che voleva, con o senza un uomo. E senza aveva fatto, anche se gli amanti non le erano mancati mai. "Concedo agli uomini di entrare nel mio letto, mai nella mia vita," dichiarava spavalda a una figlia confusa, che smaniava per avere notizie di un padre che non aveva e non avrebbe mai conosciuto. Di sicuro non era Iwao, nonostante Viola cercasse invano tracce di Dna made in Japan nei propri occhi, lungo il proprio naso e il taglio obliquo della mascella. Lei e sua madre erano cresciute come pesci rossi nella stessa boccia: avevano nuotato l'una dietro l'altra, senza guardarsi mai. Senza capirsi mai. Ma, a modo loro, si volevano bene. O almeno così pensavano entrambe, ogni volta che si incontravano davanti a una tazza di tè. Viola riattaccò con quella certezza, prima di rifugiarsi in cucina. Per cena avrebbe preparato il suo speciale risotto al Lapsang Souchong. Andava fiera di quella ricetta, la prima con la quale si era cimentata quando aveva deciso che il tè poteva e doveva essere un ingrediente dei suoi piatti, e non soltanto la bevanda che accorciava il pomeriggio. Forse avrebbe dovuto scrivere un ricettario, come le suggeriva sempre Azalée, o aprire un ristorante, oppure... No, aveva già tanto da fare e poche energie. Tanto valeva dedicarle al negozio.

Chantal si risvegliò di malumore. E il malumore crebbe quando si rese conto che non aveva motivo di nutrirlo: era in Francia, in vacanza con le amiche del cuore, Marcello le aveva appena riempito il display di messaggi e baci, e domani l'aspettava la festa di compleanno di Viola. Non c'era nulla che non andasse, nulla fuori posto o fuori allineamento. Eppure... Fece vibrare un "Om" potente, con le mani giunte davanti al petto. Si alzò e fece scorrere l'acqua della doccia. Indugiò davanti allo specchio, fissando il suo riflesso appannato: non era mai stata così in forma. O meglio, lei non si era mai vista così bella. Sciolse la coda di capelli neri, scosse la testa, studiò il proprio viso che non era più quello di una ragazzina. Poteva dimostrare tre, quattro anni di meno, non certo i dieci che le servivano per pareggiare i conti con Marcello. Di sicuro, la loro non era una storia destinata a durare. Lui era il suo toy boy. Poteva scaldarle il cuore e il letto. Cos'altro? Presto si sarebbe stancato delle rughe intorno agli occhi di Chantal, delle inevitabili macchie che le sarebbero affiorate sulla pelle, dei capelli che ogni mese sarebbero ingrigiti e avrebbero dovuto essere colorati, dell'energia che lei, nonostante lo yoga e l'ayurveda, non avrebbe posseduto nella stessa quantità di lui, senza contare il vasto "parco-donne" dai venti ai quarant'anni-e-più a cui Marcello avrebbe avuto accesso e diritto. Lui poteva innamorarsi ogni giorno e inventarsi una vita diversa a ogni ora. Lei no: ogni minuto sbarrava strade, porte, portoni, possibilità.

Le mancò il respiro, chiuse il rubinetto dell'acqua e spalancò la finestra. Poi si sedette sul bordo del water e scoppiò in singhiozzi. Pianse per tutto quello che non aveva avuto il coraggio o la fortuna di essere, per la Chantal che non era diventata, per quella che non sarebbe stata mai. Soprattutto, pianse per quella che era.

Alberta ingollò l'ultima goccia del suo Martini Dry e celebrò il buon esito della conference call. I committenti avevano gradito il progetto della nuova spa, in particolare la "stanza del volo", o Lightness Room, che aveva progettato per ultima, tra le pareti del salotto di La Parisienne: uno spazio dove sperimentare la leggerezza interiore attraverso l'assenza di gravità esteriore. La settimana seguente sarebbe volata a Dubai per definire i dettagli e fissare i tempi di realizzazione della struttura. Non vedeva l'ora di partire. Magari con Toni... Che l'avrebbe raggiunta l'indomani a La Calmette, in tempo per festeggiare i quarant'anni di Viola. Così, almeno, le aveva promesso al telefono quella mattina.

Erano le diciannove passate ormai, era tempo di mettere qualcosa sotto i denti. Aveva fame e nessuna voglia di aspettare. Spense il computer, si lavò le mani e si spazzolò i capelli, pronta a scendere in cucina e buttare nello stomaco, se non la cena, almeno una fetta di pane spalmata di *tapenade* di olive. Portò con sé l'iPad. Non c'era abbastanza musica in quella casa per far ballare i cuori, soprattutto quello di Viola: da anni quello dell'amica aveva perso ritmo e desiderio di pulsare. Era off, spento. Fuori uso e fuori servizio, senza possibilità di manutenzione. Rimpianse le risate argentine di Viola, la sua vitalità, la luce che aveva posseduto e che doveva pur nascondere ancora da qualche parte, come un diamante sporco di pioggia e fango. Si sentiva anche in colpa. Tra tutte "le ragazze", lei era quella che le era stata meno vicina dopo la scomparsa di Manuel. C'erano stati viaggi da fare, progetti da studiare, impegni da assolvere. Più di tutto, c'era stata la sua smaccata incapacità di affrontare la morte, consolare e confortare. Non sapeva mai quali erano le parole giuste da pronunciare o i gesti da compiere, così era stata zitta e ferma, dando l'impressione di essere insensibile al dolore altrui. Ma non lo era. Non lo era stata mai.

Mavi si rivestì sbuffando, l'abito rosso le stava – se possibile – ancora più attillato del solito. Di sicuro non era dimagrita. Forse avrebbe dovuto optare per un ritiro detox in qualche clinic-hotel di montagna. Da Chenot a Merano, per

69

esempio. Oppure per un programma di viaggio-fitness. Aveva letto da qualche parte che in Thailandia... Uff, Giorgio l'avrebbe subito dissuasa. Le avrebbe detto che poteva fare a Torino tutto quello che si proponeva di fare altrove. Doveva soltanto chiudere la bocca e limitare le calorie. Ma a casa non ci riusciva, c'erano troppe tentazioni. E troppe situazioni che le mettevano appetito: c'erano i capricci e le necessità dell'Erede, le tensioni in studio da tenere a bada, la casa da gestire, i pranzi dalla suocera, i confronti con la sorella divorziata e milionaria in Svizzera, l'indolenza di Giorgio e quel mutismo in cui si chiudeva sempre più spesso, costringendola a monologare con lui invece di dialogare... Ed erano mesi che lei e suo marito non si incontravano sotto le lenzuola. Quando avevano fatto sesso l'ultima volta? A San Valentino? A Pasqua? Tre settimane prima, forse quattro. Un esercizio di risveglio muscolare, nient'altro. Ecco cos'era diventato il sesso con Giorgio. D'altra parte, lei non si sentiva sexy. Non lo era più. E lui non faceva nulla per dimostrarle il contrario. Da quanto non si facevano un complimento, non si sorprendevano con un bacio? Da quanto, soprattutto, non si concedevano una risata insieme? Mavi era così delusa. Annoiata. Stanca. Avrebbe dato qualunque cosa per vivere due giorni *à la* Chantal. O *à la* Alberta. E ricordarsi com'era la sua vita prima di metter su famiglia. Sperò che Viola avesse messo in frigo una buona bottiglia di bollicine, oltre al tè freddo. Ne aveva disperatamente bisogno, quella sera.

"Cin cin, Mavi. Divertiti. Te lo meriti," si augurò. Poi imboccò le scale e si diresse in cucina.

13.

Il risotto al Lapsang Souchong era delizioso e cotto a puntino: Viola si complimentò con se stessa per la buona riuscita del piatto, che sembrò mettere d'accordo il palato di tutte. Alberta chiese addirittura il bis e intrattenne tutte con i suoi spassosi aneddoti di viaggio. Mavi fece il pieno di bollicine e rispolverò quella verve che l'aveva sempre contraddistinta e la rendeva... lei. Chantal, invece, risultò stranamente silenziosa, anzi distratta. E non aveva con sé il cellulare. Forse la gita l'aveva stancata, ipotizzò Viola. O più probabilmente, stava rimuginando su qualche decisione da prendere: Chantal non era mai stata capace di decidere in fretta. Doveva considerare, soppesare, confrontare, valutare, ascoltare. E poi ricominciare da capo, in un logorante gioco al massacro. Come se non si fidasse di ciò che sentiva di volere. Più tardi, Viola le avrebbe chiesto le ragioni di quel suo silenzio. Per il momento, c'era una cena di cui doveva occuparsi. E una granita di tè al bergamotto e violette da servire ben fredda, come si era raccomandata Azalée.

Viola si alzò da tavola, cercò le coppette di vetro *craquelé* nella credenza, i cucchiaini nel primo cassetto, e aprì il freezer. Distribuì in egual misura il composto di petali e ghiaccio tritato alle amiche e infine a se stessa. Ma non poté accomodarsi perché suonò il campanello. E dovette correre all'ingresso stupita e curiosa, seguita dalle leste quattro zampe di Chai.

La donna davanti a lei si sfilò il casco da moto, liberando una massa di lunghi riccioli castani come gli occhi, che le ricaddero sulle spalle e su un viso triangolare senza traccia di trucco, con un naso ossuto ma bello, elegante. Addosso aveva una tuta di pelle chiara e aderente, che metteva in risalto curve non abbondanti, ma perfettamente modellate. E infatti avrebbe potuto essere una modella o un'attrice.

Probabilmente la motociclista si era smarrita lungo il percorso e si era fermata per domandare indicazioni.

"Posso aiutarla?" chiese cauta Viola, ferma sulla soglia.

"Ehm... *oui*. È questa La Parisienne?"

Viola annuì.

"E lei è... Viola?"

"Confermo. Ma lei..."

"Sono Toni, la fidanzata di Alberta. *Merci* per avermi invitata."

"Prego," balbettò Viola arrossendo sorpresa, mentre Chai annusava la nuova venuta.

"Posso entrare?"

"Certo, sì. Scusa, vieni," rispose Viola imbarazzata, spalancando la porta. "Alberta!" chiamò. E subito dopo, ancora: "Alberta!".

Toni entrò, depositò a terra il casco e il bagaglio e aprì la cerniera della tuta sulla maglia scollata e sul seno pieno, inaspettatamente prorompente.

Alberta accorse, si avvicinò, abbracciò la fidanzata con slancio e la baciò sulle labbra: "Amore, sei qui finalmente! Mi sei mancata," disse.

E Viola filò in cucina a preparare un'altra coppetta di granita.

14.

Lo shock di Toni che non era un Antonio ma un'Antonia – e Alberta vantava una vasta collezione di marcantoni – doveva averle spiazzate tutte, perché l'indomani, nonostante fosse il giorno del compleanno di Viola, tutte tardarono a lasciare la propria camera e a rianimare La Parisienne.

Chantal non si svegliò all'alba per praticare le sue *asana* di yoga, ma restò stranamente confinata al piano di sopra. E Viola si alzò soltanto perché disturbata dai rumori che provenivano dal giardino e dalla cucina: Azalée aveva dato il via ai lavori di allestimento della festa e questo implicava – scoprì allarmata – un frenetico viavai di furgoni, sedie, tovaglie, tende, fiori.

"Cosa succede?" chiese ad Azalée, che smistava il traffico divertita come una bambina che giochi al vigile urbano.

"Tutto! Sono arrivati i tavoli, i gazebo e..."

"I gazebo? Azalée, ho sempre festeggiato in casa, con una cena per pochi ospiti! Non c'è mai stato bisogno di nient'altro che di una tovaglia bianca e di un servizio di piatti. Il mio non è un party! Ho invitato una dozzina di persone, non un esercito," s'infuriò Viola, ancora in pigiama.

"Lo so. E non si preoccupi, è tutto sotto controllo. Sarà soltanto una serata un po' più... movimentata delle precedenti. Come mi ha chiesto Alberta. Be', anche Mavi. E Chantal.

Io ho soltanto eseguito gli ordini e preso qualche piccola, innocua, iniziativa sul menu."

"Ma io non voglio tutto questo caos! Voglio una cena tranquilla, poche portate e una torta senza candeline. *C'est tout!*"

"Si rilassi, sarà una festa magnifica. Mi lasci fare. O meglio, *ci* lasci fare, non se ne pentirà," disse Azalée, augurandole buon compleanno con un sorriso rassicurante.

Viola sbuffò rassegnata. Non aveva energie sufficienti per discutere o, peggio, per litigare con la sua assistente e, soprattutto, con le sue amiche. Che avessero ciò che avevano deciso di regalarle, purché non pretendessero da lei troppa partecipazione o eccitazione o... gioia. Di quella aveva esaurito le scorte per sempre.

Borbottando, s'infilò gli stivali di gomma e una giacca sul pigiama e si avviò con Chai lungo la strada, verso la distilleria di sidro dietro casa. Ignorò il saluto di Norbert il postino, che la superò a bordo del suo scooter, rispose a stento al lattaio, che le sfrecciò a fianco sul furgoncino bianco e azzurro, e camminò decisa, calpestando con foga il tappeto di sassi, terra e ciuffi d'erba, verso il magazzino dove Leopold stava terminando l'inventario delle prossime consegne.

Leopold era la prima persona che Viola aveva incrociato a La Calmette. Del resto, era difficile non notarlo, con i cento chili e più che si portava appresso, distribuiti sul fisico alto, massiccio e muscoloso da ex atleta a riposo o quasi. La sidreria che aveva ereditato dal padre gli aveva garantito fino ad allora soltanto grattacapi e rari momenti di relax. Al sostentamento provvedeva la Locanda delle Mele, che la moglie Vivienne gestiva a pochi passi da lì: quattro camere ammobiliate tra i filari di meli bio e una tavola sempre apparecchiata per gli ospiti, in ogni stagione. Viola vi aveva trovato rifugio quando era approdata a La Calmette, con la piccola Chai raccattata all'autogrill. E lì, seduta al vecchio tavolo di olmo sbiancato, aveva pian piano elaborato il suo programma di sopravvivenza, che contemplava la decisione di stabilirsi a La Parisienne e di aprire un negozio di tè che Leopold e Vivienne avevano caldamente incoraggiato, contrattando per lei l'affitto dell'ex *épicerie* di *monsieur* Dufour.

"Cosa c'è?" indagò subito l'uomo, squadrandola paternamente dall'alto del suo metro e novanta. Viola sciorinò rapidamente gli avvenimenti delle ultime ore, che Leopold si limitò a registrare, senza replicare: secondo lui, le donne non hanno mai bisogno di una bocca che dia loro risposte, ma soltanto di un orecchio che le ascolti. Mezz'ora dopo, infatti, Viola esalò la sua ultima lamentela e, dopo aver assestato una pacca sulla solida spalla di Leopold, tornò rinfrancata sui suoi passi.

"Che meraviglia!" le disse Mavi andandole incontro sulla soglia, indicando quanto si stava ammassando nello spiazzo di ghiaia sul retro di La Parisienne. "Sarà una serata memorabile, buon compleanno!" continuò, battendo le mani.

"Lo spero per voi," la zittì Viola.

"E noi lo speriamo per te. Che ne è delle altre? Non c'è traccia di nessuna di loro."

"Nemmeno di Chantal?"

"No. Niente yoga e niente meditazione mattutina. Strano, no? Forse non si sente bene," ipotizzò Mavi.

"Ora salgo e busso alla sua porta. Tu fai colazione?"

"Già fatto, grazie! Ci ha pensato la solerte Azalée. Vorrei poterla clonare e portarla a Torino con me. Quella ragazza ci risolverebbe la vita."

"Sì, è una benedizione. E mi fa bene averla intorno. Notizie dall'Erede?"

"Tutto sotto controllo. Anzi, pare che i miei due ometti si stiano divertendo."

"Ottimo! Non sei contenta?"

"Certo, sì. Ora so che possono benissimo fare a meno di me."

"Uff, nessuno può fare a meno di te. Io no di certo," replicò Viola abbracciandola. "Andiamo a svegliare Chantal?"

Le due s'incamminarono tenendosi allacciate per le spalle.

"*Bonjour à toutes et bonne anniversaire à toi, ma chère Violà!*" esclamò allegra Alberta, incrociandole in salotto. "Qui ci vuole una tazza di tè nero e bollente! Qual è il programma di oggi?" proseguì vulcanica.

"Vedo che sei di buonumore," commentò Mavi.

"Di buonAmore, vorrai dire," scherzò Alberta.

"Merito di Toni, immagino..."

"*Bien sûr!* Vi ha conquistate, vero?"

"Sorprese, più di tutto," disse Mavi.

"Incantate," precisò Viola.

"Da quando..." iniziò Mavi. "Da quando tu preferisci le donne?"

"Insomma, vuoi sapere quando e come mi sono scoperta lesbica?"

"Vi preparo una tazza di tè, ragazze?" propose Viola, nel tentativo di rimandare la conversazione a un altro momento.

"Quale suggerisci per outing e rivelazioni?" ironizzò Alberta.

"Non mi è mai capitato di... ma in questo caso... Forse un tè giallo? Un tè verdazzurro?"

"Una tazza di tè verdazzurro per Alberta la lesbica, *s'il vous plaît*," recitò Alberta.

"Alberta!" la sgridò Viola.

"È quello che sono."

"E a noi sta bene..."

"...solo non avevi mai fatto cenno prima a... a questo aspetto di te," concluse Mavi.

"Perché non lo conoscevo nemmeno io. È stato Toni a rivelarmelo."

"Stata. Toni. Femmina. Voce del verbo essere, participio passato," precisò Mavi.

"Stata, stato... Maschio, femmina... L'amore non ha sesso!"

"E il sesso? Il sesso ha un... sesso?" la incalzò Mavi.

"Se c'è una cosa che non ha sesso, *bien*, è il sesso. Il corpo non ha le paranoie e i pregiudizi della mente: ama, gode, si diverte. E non mette etichette su tutto ciò che prova. È la testa che inganna, che giudica e sentenzia."

"Ma tu hai sempre preferito gli uomini! Ti sono sempre piaciuti. E parecchio."

"A me è sempre piaciuto il sesso. *Beaucoup*. Mi hanno insegnato che una donna lo fa con un uomo, così ho seguito le istruzioni. Finché non mi è capitato di sperimentare... e forse avevo letto il manuale sbagliato! O soltanto una parte. Ci sono milioni di manuali."

"Ma l'istinto, la natura... la fisiologia!"

"Categorie. Nomi. Convenzioni."

"No, no, no: gli uomini sono uomini e le donne... donne."

"Perché i primi hanno il pisello e le seconde le tette. Ma cos'hanno a che fare questi attributi con l'amore? Con il cuore?"

"Il tè è servito," annunciò Viola, interrompendole e invitandole a seguirla in cucina.

"Non so," continuò Mavi. "Corpo e cuore non marciano insieme?"

"Nel caso mio e di Toni, *oui, bien sûr*. Lo amo con entrambi," dichiarò Alberta con la consueta schiettezza.

"Sei felice?" s'intromise Viola, intenta al lavaggio delle foglie di tè Wulong.

"Sì, molto," rispose Alberta.

"È tutto quello che conta. Il resto è mera contabilità. E i numeri non danno mai la felicità," concluse Viola, versando il liquido verdazzurro nelle tazze. "Vado a svegliare Shanti."

15.

Viola bussò circospetta alla porta di Chantal, che aprì riluttante dopo qualche minuto e mostrò all'amica un volto segnato dalle lacrime e da una notte rovinosamente insonne. Era in pigiama, con i capelli aggrovigliati sulla nuca e quell'espressione da martire che Viola conosceva bene.

"Buon compleanno," la salutò mesta.

"Grazie. Ti ho portato una tazza di Wulong. Ne vuoi?"

"Solo se è un tè scacciapensieri."

"Lo sono tutti, tesoro. Che succede?" s'informò. "Ti senti bene?"

Chantal annuì e lasciò che Viola entrasse in camera e depositasse il vassoio sul comodino accanto al letto.

"Sì. Cioè... no! Sono vecchia, Viola!"

"Mi risulta che oggi sia il mio compleanno, non il tuo."

"E non vorresti tornare indietro? Riavere i tuoi trent'anni?"

"Preferirei i miei venti," sorrise dolcemente Viola.

"Quando siamo invecchiate? Dov'eravamo mentre il tempo divorava... divorava tutto? Sogni, progetti, prospettive. Ieri ero lì, all'Accademia d'arte, a far progetti sul futuro, e oggi guardami: faccio la centralinista in un'azienda di... di capre e non so come ci sono arrivata. Cioè lo so, ma è stato tutto così rapido, così inconsapevole! Ho messo in fila giornate senza chiedermi perché lo facevo, per chi. E adesso ho quarant'anni e non so perché... non so come.... sono quello che sono e... È troppo tardi, troppo tardi per tutto. Troppo tardi per amare, costruire una famiglia, una carriera. Troppo tardi per essere felice!"

"Shanti, smettila. Stai perdendo di vista la realtà."

"La realtà? Vuoi sapere qual è la realtà? Sono una zitella nevrotica che s'illude di trovare un senso ai propri giorni attraverso la meditazione, l'amore universale, lo yoga, il respiro. Sono una fallita, sia nel lavoro che negli affetti. Non sono nulla, non valgo nulla. Che io mi alzi o no la mattina non fa differenza per nessuno, nemmeno per i miei genitori."

"No, no, no!" Viola alzò la voce. "Non ti permetto di parlare e di giudicarti così, non lo meriti. Tu fai la differenza per me, per Mavi, per Alberta. E chissà per quante altre persone che ti amano e ti stimano. Tu vali perché sei tu. E non m'importa se fai la centralinista e non sei diventata un'artista di fama internazionale, chiaro? Tu sei importante, sei unica e inestimabile. E io ti voglio bene per quella che sei. Bevi quel tè e..." Il cellulare di Chantal vibrò, ma lei lo ignorò.

"È Marcello. È da ieri che non rispondo ai suoi messaggi e alle telefonate," spiegò.

"Anche per lui fai la differenza, evidentemente," commentò Viola.

"Ha trent'anni. Tra noi non funzionerà mai."

"Forse. O forse sì. Hai la sfera di cristallo? Se sì, prestamela, per cortesia."

"Non è vero che il cuore non ha età, sai."

"E allora noi gli faremo un lifting!" ironizzò Viola, abbracciandola. "Sei il frutto dei tuoi anni. Un bel frutto..."

"...ormai marcio! Io voglio essere il fiore, voglio continuare a fiorire!"

"Sono i petali appassiti a fare buone le tazze di tè. Bevine un sorso, su," disse Viola, allungandole la tazza di Wulong.

"Ci si può ancora innamorare a quarant'anni? È permesso? Ha ancora... senso?" proseguì Chantal.

"Guardati intorno: c'è qualcosa di sensato, nel mondo? Che senso ha il senso? Per quanto mi riguarda, ho perso qualsiasi barlume di sensatezza tre anni fa."

"Dovrei avere una figlia di sedici anni e sorridere con lei dei suoi primi innamoramenti. E invece guardami: sono qui a tenere a bada battiti... avvizziti!"

"Di avvizzito, oggi, hai solo i pensieri, Shanti," la confortò Viola, sistemandole una ciocca di capelli più ribelle delle altre. "E non saranno loro a farti sentire meglio. Credi che un figlio possa darti il senso che stai cercando? O l'amore o... un marito? Puoi dartelo solo tu, e lo sai bene," disse aprendo la porta dietro di sé. "Io e le ragazze abbiamo bisogno di te, di quella che sei. Non c'è posto per quella che non sarai," concluse, avviandosi per le scale.

Chai sbucò in quel momento sul pianerottolo, come una sentinella in attesa.

Viola le si inginocchiò accanto, le accarezzò la testa e le sprimacciò le orecchie. "Non ci sono cure per il cuore, quando fa male," le confidò. "E a volte fa male per sempre. Ma questo lo sappiamo solo io e te," sospirò. "Su, andiamo in cucina."

"Sono arrivate queste per te," le annunciò Mavi giuliva, indicando un enorme mazzo di rose bianche che troneggiava sul piano di granito, accanto al lavello.

Viola si irrigidì, se ne tenne momentaneamente alla larga e si finse occupata a sistemare la sua collezione di tè.

"Hai visto Azalée?" chiese.

"È in giardino, insieme ad Alberta e a Toni. Credo stiano allestendo i gazebo."

"Sarà una lunga giornata..."

"...piacevolissima! Tra poco si parte per la spa."

"La spa?"

"Sì, a Nîmes. Ha prenotato Chantal."

"Posso sapere cos'altro mi riserva questo 14 maggio?"

Mavi scosse la testa. "Sorprese. Quaranta sorprese, una per ogni tuo anno."

"Quaranta? Ma sono troppe!"

"Tutte necessarie, amica mia. Ora salgo a prepararmi. A dopo!"

Viola restò sola, eccezion fatta per Chai, che quella mattina sembrava volerle stare incollata ai polpacci. E per le rose, che in ogni spina sembravano avere occhi pronti a spiarla. Non aveva bisogno di leggere il biglietto per sapere chi le aveva mandate. Ancora lui. Sempre lui. Charles.

Entrò nella sua camera, che aveva eletto tale dopo aver testato, dormendoci, tutte e quattro le stanze di La Parisienne. Alla fine, aveva scelto l'ultima in fondo, che faceva angolo e contava due finestre, tra le quali lei aveva piazzato il grande letto matrimoniale balinese, e una stanza da bagno piastrellata di giallo che aveva lasciato pressoché intatta.

Aveva trascorso così tanto tempo tra quelle pareti, spesso sdraiata nel letto senza la forza di uscirne, che ne conosceva ogni centimetro e ogni voce: sapeva con esattezza quale listone del parquet avrebbe emesso un gemito sotto il peso delle zampe di Chai, quale trave di legno del soffitto si sarebbe lamentata durante la notte con uno schiocco secco, quale sibilo avrebbero emesso le persiane al primo colpo di vento dell'Ovest.

Quello che non sapeva era chi, tra Mavi, Chantal e Alberta, avesse depositato sul copriletto il pacchetto rosso che aveva tutta l'aria di un regalo di compleanno. Viola lo aprì, lacerandone la carta con le dita, e ne estrasse un bikini color acquamarina, bordato d'argento. "Per la spa di oggi. Le ragazze."

Doveva ammettere che le piaceva. E che erano anni che non si concedeva un costume o un abito nuovo. Da quando viveva lì, non aveva mai fatto shopping per boutique. Si era limitata a rare incursioni tra le corsie di Monoprix: mutande e reggiseni di cotone, qualche T-shirt, una sciarpa, pigiami smunti e pantalonacci da giardino. Per il resto, aveva vestito i pochi capi che si era portata dalla villa di Zoagli e quelli che aveva chiesto ad Alberta di prelevare dall'appartamento di Mentone, nel quale lei, Viola, non aveva mai più messo piede da quel 13 marzo di tre anni prima. Si spogliò e indossò il due pezzi con un misto di trepidazione, rimirandosi nello specchio dell'armadio a muro. Le stava alla perfezione, come se glielo avessero confezionato su misura. Per fortuna non aveva perso la sua linea. Anzi, a La Calmette era addirittura dimagrita, nonostante si fosse imposta di cucinare regolarmente per se stessa e di mettersi a tavola, anche se sola. Aveva bisogno di una ceretta, però. E di una pedicure. Non vedeva Blanche, l'estetista, da... quando? Improvvisamente l'idea della spa le parve un'inutile, faticosa farsa. Ma non poteva rifiutarsi di andare: le ragazze si sarebbero offese. Spalancò le ante e afferrò una borsa di tela, in cui buttò accappatoio, infradito di gomma, biancheria intima e beauty case. Poi si rivestì e scese al piano di sotto, pronta.

La pelle nuda di Toni scatenò in Alberta un desiderio folle, che non aveva provato per nessun uomo prima. Nemmeno per Raphael, che la seduceva ogni volta sfilandosi con i denti la grossa fede nuziale che portava all'anulare, prima di buttarla sul letto e farla sua. A Raphael non era mai stata capace di dire di no. Tra tutti gli amanti che aveva collezionato, era stato senza dubbio quello che aveva più cercato, desiderato e apprezzato sotto le lenzuola. Chissà che ne era stato di lui, se alla fine aveva divorziato o continuava a tradire la moglie con lo stesso fasullo senso di colpa che lo costringeva ogni volta, ad amplesso terminato, a sedersi sul bordo del letto e prendersi la testa tra le mani come se si disperasse, come se non capisse com'era finito a fare ciò che faceva regolarmente un pomeriggio alla settimana nel letto di Alberta. La loro *liaison* sessuale era durata circa quattro mesi, nei quali lei aveva scoperto quanto il sesso potesse creare una dipendenza del tutto simile all'amore. Se n'era liberata soltanto quando aveva intravisto il suo amante al supermercato, intento a spingere il carrello della spesa che la figlia, dieci anni suppergiù, riempiva di yogurt e biscotti. Ridevano. Si tenevano per mano. E lui era... un padre con il quale Alberta smise immediatamente di scopare. Fissò Toni che s'infilava reggiseno e camicetta con la voglia di levarglieli. Ma non c'era tempo, dovevano andare alla spa con le altre. Non potevano sottrarsi all'impegno. Le ragazze non avrebbero capito.

Quel costume intero blu aveva visto più borse che piscine, nel senso che Mavi non lo indossava mai. E, quando lo faceva, lo nascondeva sotto l'accappatoio, la vestaglia, il pareo. Eppure si ostinava a portarlo con sé a ogni spostamento, come una promessa o una minaccia. Oggi avrebbe fatto eccezione e l'avrebbe sfoggiato, non poteva esimersi dall'andare alla spa con le amiche. Anche se avrebbe preferito di gran lunga stendersi sul letto, dedicarsi al Sudoku e poi fare una chiacchierata su Skype con l'Erede. Dal suo bagaglio estrasse invece, nell'ordine: 1) cuffia da piscina; 2) pinzetta; 3) ciabatte di gomma; 4) caramelle al miele e salvia; 5) busta di plastica in cui mettere ordinatamente la spazzola, il burrocacao, il Momendol, il cellulare, una penna, i fazzoletti di carta. C'era un posto per ogni cosa, in borsa come nella vita.

Bisognava soltanto concentrarsi, per non disperdere oggetti, emozioni, ricordi, progetti e affetti. Era una questione di ordine e di disciplina. Di mantenere il controllo e tenere il ritmo: casa, lavoro, riposo, studio. Capelli, viso, mani, rughe. Borsa, valigia, scarpe, gioielli. Mamma, cacca, giochi, nanna. Mavi sospirò e si fiondò giù per le scale.

Sarebbe stata come sempre la prima. E avrebbe aspettato impaziente tutte le altre.

16.

Chantal attraversò la hall di marmo dell'hotel con la finta sicumera di chi non sa bene cosa fare. Scambiò due parole e quattro occhiate con la receptionist e fece cenno alle amiche di seguirla fino all'ascensore. La spa era nel seminterrato, accanto alla piscina e alle jacuzzi che ribollivano come pentole sul fornello. Il programma prevedeva hammam e sauna per tutte, massaggio corpo rilassante e trattamento viso agli agrumi di Provenza, più una vasta serie di tisane a disposizione nell'area relax, dove lettini e poltrone le avrebbero presto accolte e coccolate.

"Che meraviglia!" commentò da manuale Mavi, accaparrandosi il primo letto di vimini disponibile accanto alla vetrata con vista sui campi verdi e i primi gomitoli di fieno imballato.

"Prima l'hammam," la sgridò Chantal, esortandola ad alzarsi e a dirigersi nello spogliatoio.

Viola pensò che era dai tempi del collegio che non si ritrovavano tutte insieme in mutande davanti a una fila di armadietti, e rise. Sì, scoppiò in una lunga risata convulsa, esagerata, che le era germogliata dentro all'improvviso da chissà dove e no, non riusciva proprio a trattenere, nonostante gli sguardi ora attoniti (Chantal), ora preoccupati (Mavi), ora divertiti (Alberta), ora esterrefatti (Toni). A turno, la imitarono tutte, l'abbracciarono e la sollecitarono a svestirsi per raggiungere il bagno turco dove si abbandonarono al tepore delle piastrelle umide, ognuna immersa nella propria nebbia di vapore e pensieri.

Probabilmente la risata sguaiata di Viola era un buon segno, rifletté Chantal. Forse l'amica stava finalmente riprendendosi dalla brutta depressione che l'aveva attanagliata dopo la morte del marito in quell'incidente d'auto. Del resto, nessuna avrebbe retto a tanto dolore. Manuel rappresentava tutto per Viola: era l'amante, il compagno, l'amico, il confidente, il consigliere, la spalla, il padre che non aveva mai avuto, il fratello che non c'era mai stato. Ed era il suo avvocato, il bancario, il dottore, l'assistente, il maestro... Era la sua famiglia, la sua vita.

Chantal ricordò lo strazio di quella notte, della corsa in auto che aveva fatto da Alassio, dove si trovava per un retreat di yoga, all'ospedale di Mentone. Viola era là, ritta in piedi, davanti alla porta della sala operatoria, accanto a un uomo che Chantal non aveva mai conosciuto prima e non aveva più rivisto, nemmeno al funerale. Le altre erano arrivate l'indomani e tutte si erano date il cambio accanto a Viola nel tentativo di consolarla, sostenerla, aiutarla. Erano stati giorni orribili, difficili da dimenticare, al termine dei quali tutte si erano offerte di ospitarla. Ma l'amica aveva declinato ogni invito ed era partita da sola in auto senza meta, in una mattina fredda e lattiginosa. Alla fine si era stabilita a La Calmette: un luogo in apparenza privo di attrattive e di significato, al quale Viola si era incomprensibilmente affezionata, quasi avesse necessità di un Purgatorio. Ed erano tutte lì, adesso. A espiare chissà quali peccati. Il viso senza barba di Marcello le si parò davanti, in mezzo ai vapori aromatici. Chantal avrebbe voluto che lui fosse lì a rapparle qualche strofa di incoraggiamento. Vivere non era un gioco. O meglio, lo era. A patto che si fosse preparati a perdere tutto.

Più che l'hammam, poté il massaggio. Mavi non s'era mai sentita così leggera, come se le mani della massaggiatrice avessero assorbito i chili di troppo e se li fossero magicamente portati via. Bevve un sorso di tè al limone e zenzero e si distese sul comodo lettino di vimini della sala relax. Le ci volle un istante per realizzare di essersi seduta proprio dietro ad Alberta, intenta ad amoreggiare con la sua Toni. Che imbarazzo! Le due si stavano baciando, e non lo facevano in maniera casta. Anzi. Mavi si diede mentalmente della bacchettona, ma non poté negare l'inquietudine che le montava dentro. Ma davvero era sempre tutto lecito? Davvero bisognava accettare, comprendere, tollerare tutto? Lei era stata alle regole: si era laureata, fidanzata, sposata, ed era diventata madre. Le sue ex compagne, invece, si erano accoppiate, lasciate, rifidanzate e riseparate, s'erano avventurate lungo strade che avevano abbandonato a metà, avevano preso deviazioni, erano tornate e ripartite. Avevano sperimentato. Girovagato. Perso tempo e trovato occasioni. Mentre lei era andata diritta lungo un'unica direttrice, senza titubare. Ma non aveva vinto niente, nemmeno una medaglia. Alla prova dei fatti, non era né più felice né più appagata delle altre. O forse sì? Stordita e spaventata dalla piega inquieta delle sue elucubrazioni, lasciò la sua postazione e si rifugiò in piscina, insieme al suo costume blu. Avrebbe dato qualunque cosa per una pralina al cioccolato.

I polpastrelli della massaggiatrice che viaggiavano sulla sua pelle le ricordarono, per un momento, le dita di Manuel che giocava a fare l'esploratore tra i suoi seni e giù, lungo la linea morbida del ventre. Viola rabbrividì, turbata. La ragazza le rimboccò meglio l'asciugamano sulle spalle, temendo che avesse freddo, mentre continuava a massaggiarle le gambe. Non c'era più stato sesso per Viola. Non c'erano più stati uomini. Non c'era più stata alcuna intimità, se non gli abbracci di pelo di Chai e la sporadica "manutenzione" di Blanche, l'estetista. Né lei si era mai permessa di pensarci. Dalla testa in giù, era come paralizzata. O meglio, il corpo si muoveva, faceva addirittura ginnastica e nuotava, ma non comunicava con il cuore o con il cervello. Serrò gli occhi e tentò di rilassarsi, espirando prima rabbiosamente, poi sempre più lentamente, finché non si addormentò.

Quando si svegliò, udì la voce di Charles che le mormorava: "Sei bella come allora". Viola si spaventò, si avvolse l'asciugamano intorno al corpo e corse via. Se avesse potuto, si sarebbe staccata la testa dalle spalle e l'avrebbe lasciata giù, come un bagaglio ingombrante: era troppo pesante, troppo pieno, c'era troppo di tutto.

Era tempo di disfarsene.

Quando si ritrovarono nella sala relax, davanti alla grande vasca circolare dell'idromassaggio, avevano tutte un viso diverso: Alberta e Toni più rilassato, Chantal più disteso, Viola più luminoso e Mavi più incupito. Toni offrì un giro di tisana detox a tutte, inaugurando ironicamente i festeggiamenti per i quarant'anni di Viola. Lei ringraziò, si commosse e affogò la commozione nell'acqua effervescente... dove si immersero anche le altre, tra bolle e chiacchiere, come foglie di tè nella teiera.

In fondo, la vita non è che un'infusione incontrollabile: ci si butta nell'acqua, sperando che non sia né gelata né bollente. E l'amicizia, rifletté Chantal, è la tazza tiepida che ristora quando infuria la tempesta tra i flutti del cuore.

Per fortuna, il suo allarme maltempo stava rientrando. Non appena fuori dalla spa, avrebbe risposto a Marcello. Aveva tutto il diritto di godersi quell'uomo e quella relazione. A dispetto dell'età. E finché fosse durata. L'universo voleva così.

17.

Alberta non era mai stata così appagata. Nessun progetto, nemmeno il più prestigioso, le aveva mai regalato tanta soddisfazione. Incontrare Toni era stata una benedizione e una rivelazione. Alberta non aveva mai avuto alcuna inclinazione mistica. Eppure, quando era con la fidanzata, i tasselli del puzzle che fino ad allora era stata la sua vita trovavano tutti il loro posto. E lei poteva godersi il disegno. Probabilmente Dio doveva essersi sentito così dopo la Creazione, rifletté.

Sbirciò Toni seduta in auto accanto a lei, che la guardò di rimando e le accarezzò il ginocchio. *Bien*, era bello l'amore.

Nel giro di pochi minuti, avrebbero varcato il cancello di La Parisienne: si augurò che Azalée avesse seguito alla lettera tutte le sue istruzioni per il party. Viola meritava un altro inizio. E lei era determinata a regalarglielo.

Non erano sempre state buone amiche, lei e Viola. Anzi, quando si erano incontrate a scuola, ormai più di vent'anni prima, si erano detestate. Erano addirittura arrivate alle mani, un giorno. O meglio, c'era arrivata lei. Viola si era limitata a difendersi per i pochi secondi necessari perché Mavi intervenisse a dividerle. Alberta si rese conto di non ricordare più il motivo del litigio. Quello del liceo non era stato un periodo facile. Aveva spesso attacchi di rabbia che faticava a controllare, nonostante i colloqui con lo psicologo amico di famiglia. Li sfogava con chi capitava a tiro, all'improvviso. E altrettanto improvvisamente se ne pentiva, ma non lo ammetteva con nessuno, eccetto che con sua nonna. Lei sì che la capiva, che la accettava per quella che era.

"Ci siamo!" esclamò Chantal, rallentando e poi frenando sulla ghiaia con un deciso stridio di gomme.

"Che meraviglia!" si lasciò scappare del tutto prevedibilmente Mavi, alla vista di tre gazebo di tende di garza bianche che si gonfiavano al vento come spumoni sul vassoio verde del giardino. Un'instancabile ed eccitata Chai ci si agitava intorno.

Toni batté le mani e squittì una serie infinita di *oui*, Alberta annuì soddisfatta, complimentandosi mentalmente con la *au pair* canadese per la scelta, e Viola... Viola osservò la scena dal finestrino, incredula.

"Cosa dobbiamo fare con tutti quei gazebo?" domandò.

"Una festa?!" rispose ironica Alberta.

"Posso conoscere il programma della serata?"

"Assolutamente no!" fu la risposta. "Appuntamento tra due ore, ragazze."

Scesero tutte dall'auto, accolte in cucina da una brocca di tè freddo al litchi e da una serie di scatoloni pieni di lanterne, piatti, bicchieri e decori.

Viola sospirò rassegnata: era stata spodestata di ogni potere, e in casa sua. Le rose di Charles erano dove le aveva lasciate, in attesa che ne decidesse il destino. "Oggi come ieri," recitava il biglietto che le accompagnava. Viola scosse la testa bionda. Oggi non è mai come ieri. E lei aveva dolorosamente imparato la lezione. Nulla torna, eccetto il passato che tormenta con i suoi inutili se e i suoi sterili ma.

Prese un sacco nero e vi gettò le rose, insieme al biglietto. Poi si sciacquò le mani e salì al piano di sopra. Aveva meno di due ore per trovare la voglia di divertirsi. O quantomeno di fingere di farlo.

Chantal si buttò sul letto a baldacchino, il ventre appoggiato sul copriletto di macramè. "Pensavo a te col mondo in mano, ma senza un noi dov'è che andiamo," digitò sul telefono, copiando il ritornello di un brano di Emis Killa. Aveva voglia di Marcello. E lui, a quanto diceva, ne aveva di lei. Non c'era nessuna ragione perché non dovessero o potessero frequentarsi, scoprirsi, amarsi, desiderarsi. Poteva finire tutto in un'ora o durare una vita. Ma questo era il presupposto di ogni storia d'amore. Sarebbe stato lo stesso se lui avesse avuto dieci anni di più e non di meno?, si domandò. Probabilmente sì. Nonostante l'anagrafe fuori sincrono, l'universo aveva regalato loro quel momento. Non ce n'era un altro.

Ricevette sul cellulare una strofa e una raffica di cuori. Marcello c'era. Insieme tenevano lo stesso ritmo e suonavano la stessa musica. Forse il loro non era e non sarebbe stato amore, solo un rapido passaggio sulle frequenze di radio cuore. O forse... Chantal rotolò supina, assunse la posizione di *shavasana* e si preparò a meditare. Avrebbe espresso il suo *sankalpa*, la propria "risoluzione": avrebbe chiesto all'energia che regola tutto di concederle ancora un po' di felicità. Ancora un po' di Marcello.

Nero, per forza. Non poteva mettersi altro che il tubino nero a maniche corte. Con il girovita che si ritrovava non avrebbe osato un altro colore. Mavi ringhiò nello specchio dell'armadio, estraendo l'abito che più tardi avrebbe indossato. E ringhiò anche un "Pronto" spiccio e scocciato al telefonino che strillava, mostrando il numero dell'ufficio. Ma cambiò subito tono quando udì la vocina dell'Erede che la chiamava "Mami".

"Amoooooore," disse, e sparò una cartuccia infinita di

domande. "Come stai? Fatto la nanna? E la pappa? L'asilo? Il papà? La nonna? Ti manca la mamma? E quanto ti manca?" E poi: "Ti sei fatto la bua? Come la bua? Dove? Fa male? Passami il papà. Giorgio! Cos'è successo?" chiese spaventata al marito.

L'Erede era caduto e si era sbucciato il muso, oltre che le ginocchia.

"Mandami una foto!" ordinò Mavi. "Oppure colleghiamoci su Skype. Voglio vedere. Sì, lo so che ci hai già pensato tu. Ma sto più tranquilla. Ti chiamo su Skype. Come? Perché lo hai portato in ufficio? E perché Irina non c'è? Ah già, la visita medica. E allora richiamami tu, quando hai terminato i tuoi appuntamenti. Sì. Ripassamelo. No. Va bene. Amoooooooore!" disse di nuovo, prima di chiudere la telefonata e riprendere le sue attività. Cosa stava facendo? Ah sì. Stava preparando il vestito per la serata. Ma aveva tempo. Avrebbe potuto riposare. O leggere. O lavorare. Scelse la terza opzione e accese il suo iPad. Stava diventando troppo pigra e non poteva permetterselo.

Alberta si immerse nella vasca da bagno dove Toni era adagiata sotto la coltre di schiuma. Le massaggiò con voluttà il collo e le spalle compatte, poi i capelli serpentini, che lavò con cura, districando ogni riccio con le dita.

Con la sua fidanzata aveva scoperto una tenerezza che non sapeva di possedere. Non era mai stata una donna incline alle coccole o alla cura, non aveva posseduto animali né si era mai spontaneamente avventurata tra i bambini, che mal tollerava nei luoghi pubblici e soprattutto quando viaggiava in aereo. E ora scopriva dentro di sé nuove possibilità.

Pensò che ognuno impone a se stesso confini che diventano limiti, invece che frontiere da esplorare. Si ripromise di andare sempre oltre. Come aveva fatto con Toni.

Le baciò la nuca umida d'acqua e bagnoschiuma alla calendula, ne leccò la pelle lungo la linea delle spalle, le strizzò i seni pieni e i capezzoli turgidi, le accarezzò il ventre, le titillò il sesso, le pizzicò le cosce. E ricominciò, mentre Toni chiudeva gli occhi in segno di amorevole resa.

Avevano proprio pensato a tutto: l'abito color pervinca, le décolleté di vernice argento con il tacco, il coprispalle. E gli orecchini, i trucchi, il profumo. Addirittura la lingerie. Tutto era disposto sullo stendino da sfilata che Viola trovò in camera. In sua assenza, Azalée doveva essere entrata e aver compiuto il miracolo – o il misfatto? – per conto delle amiche.

Fissò il vestito di seta che penzolava vuoto, in attesa che lei lo riempisse. Si immaginò mentre lo indossava, attraversava il salotto e poi il giardino, fino ai gazebo, con la sua andatura da passerella. Quanti cambi d'abito, quanti look, quanti stendini come quello aveva affrontato! Quante volte aveva calcato i pochi metri quadri di tappeto rosso dentro vesti che non erano le sue. Era stato divertente all'inizio, come giocare alla Barbie. Lei era la bambola bionda che si affidava a mani esperte perché la truccassero, la addobbassero, la trasformassero in quello che doveva essere per il tempo di un *défilé* o di un servizio fotografico. Viola la modella prendeva aerei, partecipava a feste e serate, conosceva gente di ogni dove, guadagnava cifre che le sue coetanee neanche si sognavano, riceveva in regalo borse, scarpe, maglie e costumi. In cambio non doveva nulla, solo la sua faccia e il suo fisico graziato da madre natura che andava curato e monitorato perché fosse sempre uguale a se stesso. Poca cosa, a diciotto anni. Poi aveva conosciuto Manuel durante un servizio fotografico nel porto turistico di Montecarlo che si era concluso in un romantico *salon de thé*, e tutto era mutato. Giorno dopo giorno, Viola la modella aveva ceduto il passo a Viola la fidanzata, infine a Viola la moglie. Si era trasferita con lui a Mentone e aveva chiuso con la moda. Non che il neomarito l'avesse preteso o richiesto: era stata lei a chiederlo a se stessa, convinta di non poter sostenere due ruoli. Aveva fatto una scelta e aveva puntato tutto sul matrimonio. Il resto – le sue borse, la sua collezione – era stato soltanto un vano tentativo di cercare se stessa, senza trovarsi. Ma era stata felice. Con Manuel aveva conosciuto, vissuto, posseduto la felicità. A chili e senza dubbi. Visualizzava la loro unione come una lunga linea retta tracciata con la penna della serenità. Fino a quando...

Viola si riscosse all'improvviso dai suoi pensieri. Sfiorò il vestito appeso e lo fece ondeggiare nell'aria. Avrebbe voluto volteggiare anche lei con la stessa leggerezza. In ogni caso, doveva ringraziare le ragazze. Le voleva tutte lì, in camera con lei. Quel pomeriggio, avrebbero di nuovo giocato alla Barbie. E lei si sarebbe lasciata trasformare in Viola la festeggiata.

18.

Alberta gettò un'occhiata ai pantaloni da smoking di taglio maschile che aveva portato per l'occasione. Con la camicia di seta bianca sarebbero stati perfetti. Toni, invece, che stava ancora sonnecchiando nel letto, avrebbe indossato la gonna aderente color panna che tanto piaceva alla sua fidanzata. Sarebbe stata sexy come sempre, pensò Alberta, che iniziò riluttante a vestirsi. Staccarsi dal corpo di Toni e dal calore buono che emanava le costava uno sforzo sconosciuto che la rendeva indolente, lenta nei movimenti e nei pensieri, come se fosse sotto anestesia. E l'amore era l'anestetico più potente, a quanto poteva giudicare. Toglieva fame, sete, sonno, tutto. In cambio di cosa? Doveva sbrigarsi, non c'era tempo per le elucubrazioni. Se voleva essere pronta prima delle altre e passare qualche minuto con Viola, doveva correre da lei. Voleva parlarle in privato, prima che tutto iniziasse. Doveva spiegarle, dirle che lei aveva scoperto il segreto: si poteva essere felici, a condizione di lasciare che l'esistenza facesse la sua corsa e arrivasse a destinazione senza interferire. Assecondandola, come se avesse ragione. Perché, alla fine, l'aveva.

Chantal si svegliò di soprassalto. Dalla meditazione era passata al sonno senza rendersene conto. Controllò l'ora sul display del cellulare: per fortuna, era ancora in tempo per la serata! Aprì la borsa alla ricerca di qualcosa da mettersi. Ricordava di aver buttato nel bagaglio l'abito lungo di maglina viola, con gli strass sullo scollo a cuore, quello che non si sciupa mai. Lo recuperò e lo appese in bagno: con il vapore della doccia, le pieghe sarebbero scomparse meglio e più rapidamente che se avesse usato il ferro da stiro. Sospirò e si alzò, non senza aver assunto per un minuto la posizione del bambino che gioca. Aveva voglia e bisogno di una tazza di tè ma non poteva permetterselo. Se voleva stare un po' con Viola prima della festa, doveva darsi una mossa. Voleva l'amica tutta per sé. Voleva parlarle, voleva consolarla, voleva dirle quelle parole che aveva collezionato dentro e che, ne era sicura, avrebbero spinto Viola a rialzarsi, a sperare, a lottare alla ricerca della felicità...

Pfui! Era ora di infilarsi nel tubino nero. A fatica. E di darsi una pennellata di terra sul viso. I capelli? Quelli li avrebbe domati con la cera. O il gel. Li aveva portati entrambi. Aveva con sé anche l'arricciacapelli, caso mai le servisse. I collant? Ne aveva due paia, uno nuovo e uno di ricambio. Era una persona previdente, lei. Forse doveva lucidare le scarpe. Non ricordava se l'avesse fatto o no prima di riporle nel loro sacchetto di panno e poi in valigia. Gioielli? I soliti bracciali vintage, di bachelite bicolore. E gli orecchini che le aveva regalato Giorgio il Natale precedente. Belli. Non se li aspettava e invece... Non che Giorgio non fosse un marito generoso. Per il fidanzamento, le aveva donato un brillante taglio *briolette*. E per la nascita dell'Erede era arrivato puntuale il bracciale tennis di brillanti. Ma quegli orecchini erano stati una sorpresa, dopo tanti anni di articoli per la casa o per l'ufficio. Meglio così. Le piaceva l'idea che suo marito fosse appositamente entrato in una gioielleria per lei, che si fosse ritagliato il tempo necessario e la voglia di scegliere qualcosa che la rendesse felice, e forse anche più affascinante. Era stato un bel Natale, nonostante lei lo avesse trascorso a letto con l'influenza. Ma si era sentita circondata dal cerchio magico della sua famiglia, quella che lei aveva creato e creava ogni giorno con tutta se stessa. Anche con quei chili in più che si portava addosso.

L'iPad emise un bip: era l'ora di preoccuparsi di Viola. Chissà se l'amica aveva apprezzato i loro regali... Mavi inspirò profondamente e lasciò la stanza. Viola aveva senz'altro bisogno di lei.

Alla fine, si ritrovarono tutte insieme in camera di Viola, come se si fossero date appuntamento. Nessuna poté fare o dire ciò che aveva pianificato, eccetto Mavi, che si concentrò sui capelli, sul vestito, sul make-up della festeggiata. Aveva fatto lo stesso diciassette anni prima, in occasione del matrimonio dell'amica. Allora erano giovani, spensierate, ingenue ed eccitate. Ora erano mature, disincantate, disilluse e guardinghe. Erano riunite per un'altra festa della quale Viola era la protagonista, ma questa volta non c'erano centinaia di invitati, l'abito bianco, le damigelle e il corteo di aspettative: c'erano soltanto una torta, pochi auguri per i suoi secondi vent'anni e un branco di delusioni mal trattenute nel recinto dei bilanci. Dal giardino salivano le note della band che stava montando e testando gli strumenti. Sarebbe stata una bella serata, si convinse Alberta osservando i musicisti dalla finestra.

"Quanto manca?" chiese Viola, liberandosi dalle tante, troppe attenzioni di Mavi.

"Immagino che i primi invitati arriveranno tra una ventina di minuti," rispose Alberta guardando l'orologio da uomo che portava al polso, "ma noi possiamo cominciare quando vogliamo, ragazze!"

"Giusto!" le fece eco Chantal. "Qui ci vuole un brindisi privato, tutto nostro."

97

"Provvedo subito," disse Alberta con aria complice, dirigendosi al piano di sotto per recuperare una bottiglia di champagne. Pochi istanti dopo fu di ritorno con tutto l'occorrente. Distribuì le *flûtes* e versò abbondanti dosi di bollicine a ognuna. "Qui ci vuole un discorso!" esortò Mavi. "Comincia tu che sei la più seria delle quattro. O tu, Chantal, che sei la più... spirituale!"

"No, no, adesso tocca a me," s'intromise Viola, prendendo la parola e utilizzando la spazzola come un microfono.

"Dis-cor-so, dis-cor-so, dis-cor-so!" la incitò ironica Alberta, applaudendo.

"Ehm... innanzitutto grazie," esordì la festeggiata. "Grazie di questo splendido abito, di queste scarpe, di questi orecchini, del costume, della spa, della festa e di tutto ciò che oggi mi avete regalato e avete organizzato per me. Ma soprattutto grazie di essere qui, oggi, con me e per me. Grazie perché posso contare su di voi, perché mi volete e ci vogliamo bene, perché... siete voi, ecco. E non cambiate mai, per fortuna. E io, io sono così contenta e fortunata. Sì, molto fortunata: senza di voi, la mia vita sarebbe infinitamente più triste. Quindi grazie, amiche mie. Vi amavo vent'anni fa, vi amo adesso, e vi amerò tra i prossimi due decenni, quando festeggeremo i miei primi sessant'anni! Cin cin a tutte!" augurò ridacchiando, sorseggiando e piagnucolando insieme.

"Ciiiin!" replicarono le altre, abbracciandola a turno.

"Innanzitutto prego, Viola," prese a dire Alberta, "perché mi hai costretta a fare shopping online insieme a Mavi per scegliere il tuo abito e tutto il resto," scherzò. "Prego per avermi invitata qui in vacanza, ospite a casa tua, senza che io mi senta in dovere di ricambiare in alcun modo. E prego perché so quanto è facile volermi bene e quanto sia preziosa la mia presenza nella tua e nella vostra vita..."

"Buuh," la zittì Chantal, seguita da Mavi, che emise addirittura un fischio da stadio.

Tutte e quattro scoppiarono a ridere all'unisono e brindarono una seconda volta, unendo i calici, e poi una terza, sempre più allegre.

"Io ringrazio te, Viola, per averci ancora una volta volute qui, nel tuo piccolo mondo..." iniziò Chantal.

"Piccolo mondo?" la prese in giro Alberta.

"...per condividere questa giornata, cioè serata. Insomma, questo compleanno così importante," continuò Chantal. "Propongo di recitare un mantra e di intonare un 'Om' tutte insieme."

"Un cosa?" replicò Alberta.

Per tutta risposta, Shanti cominciò una breve litania in hindi e poi invitò tutte a inspirare, unire i palmi delle mani davanti al petto e pronunciare la sillaba 'Om', allungando la "o" in un canto monotono.

Le altre si adeguarono ed eseguirono il compito alla perfezione, eccetto Alberta, che preferì buttare giù un altro bicchiere di bollicine.

Infine, fu l'ora di Mavi, che si mostrò inaspettatamente intimidita davanti alla platea delle ragazze. "Sono... siete... siamo... io... insomma, vi voglio bene," mormorò, ingollando l'ultimo sorso di champagne. "Nella bonaccia e nella tempesta!" concluse, citando il motto che avevano fatto loro in collegio e non avevano mai dimenticato.

"Nella bonaccia e nella tempesta!" ripeterono tutte all'unisono.

"E che questa serata sia felicemente tempestosa... di risate!" disse Alberta.

"Di emozioni," fece Chantal.

"Di sorprese," specificò Mavi.

"E di noi," chiosò Viola, con una giravolta su se stessa.

19

Il giardino non era più lo stesso. Azalée lo aveva trasformato in un piccolo set cinematografico, punteggiato di lanterne e candele che disegnavano sentieri nell'erba e tra gli ulivi. A Viola come alle altre, quando si erano riunite tutte nella sua stanza, era tornato in mente il giorno del suo matrimonio. Allora lei aveva appena compiuto ventitré anni ed era innamorata. Di più, era totalmente assorbita da Manuel e dalla sua personalità, come se lui fosse una spugna e lei acqua tiepida che si lasciava catturare. Serenamente. Follemente. Completamente. Avrebbe voluto ancora sentirsi così, ma non era mai più accaduto. Non con la stessa intensità di quei giorni e dei mesi successivi alle nozze. E che nozze! Si era sposata a pochi metri dal mare, con un abito che la faceva più sirena che donna, con una lunga coda di voile bianco, e i capelli lunghi e biondi sciolti sulle spalle, fermati da una coroncina di perle e diamanti appartenuta alla bisnonna. "Le perle portano lacrime," si era lamentata Mavi. "Ti sembro triste?" aveva replicato lei, al colmo della felicità. E aveva sorriso, abbracciando affettuosamente l'amica premurosa. Poi aveva indossato qualcosa di blu (le mutandine), qualcosa di nuovo (era tutto nuovo!), qualcosa di vecchio (il suo anello di fidanzamento) e qualcosa di regalato (il braccialetto d'oro bianco dono delle ragazze, con una farfalla al centro) come voleva la tradizione, e si era avviata spensierata incontro al suo sposo vestito d'azzurro e a una vita coniugale da colorare. Erano trascorsi diciassette anni da quel 21 maggio, ma le sembrava ieri. E ieri era una tazza piena di speranza. Oggi no, era una tazza vuota, sbeccata e sporca. Una stoviglia che nessuno avrebbe voluto nella propria credenza. E tutto per una distrazione, per una manovra sbagliata, per una sbandata.

"Qual è il tavolo d'onore?" chiese giuliva Mavi, comparendo alle sue spalle.

"Quello laggiù in fondo è tutto per voi," rispose lesta Azalée, percorrendo il vialetto poco più indietro.

"Grazie di tutto, Azalée," le disse Viola, voltandosi. Per una frazione di secondo, le parve di scorgere se stessa in abito da sposa, candida com'era stata diciassette anni prima. Ma era la sua giovane *au pair*, avvolta nel bianco grembiule da cucina. Incespicò e rabbrividì, impallidendo.

"Tutto bene? Hai freddo?" le domandò Mavi premurosa.

"No, io... è stato soltanto un... un momento. Non è bellissimo, il giardino?" glissò.

Tondi e perfettamente apparecchiati con tovaglie di fiandra bianca, stoviglie color cipria e posate d'argento, i tavoli attendevano muti e servizievoli Viola, Mavi, Chantal, Alberta, Toni e i loro ospiti. Ogni nome – compreso quello di Chai – era stampigliato sul nastrino che avvolgeva il minuscolo bouquet di lavanda che assegnava i posti.

"Che cosa prevede il menu?" chiese ancora Mavi, mentre Chantal scattava foto a ripetizione con il suo cellulare e Alberta mordeva Toni su una spalla lasciata nuda dal top che indossava.

"Gamberoni in salsa di mandorle al tè verde, frittelle di topinambur e Golden Yunnan, *crêpes* di ricotta e Wulong," cominciò a elencare Azalée.

"Che meraviglia!"

"E poi, *magret de canard* con flan di carote e tè alla menta, verdure in salsa di Osmanthus," proseguì la ragazza, sempre più fiera. "E per dessert..."

"Shhh," la zittì Chantal. "Lasciaci il gusto della sorpresa!"

Intanto, la band armeggiava con casse e strumenti. A breve, non appena gli invitati fossero arrivati, avrebbe iniziato a intonare le canzoni rigorosamente anni novanta che Alberta aveva selezionato per la serata.

Viola passò fra i tavoli – aveva fatto lo stesso il giorno del suo matrimonio, distribuendo sorrisi, chiacchiere e bomboniere – e controllò sui segnaposto chi aveva accettato il suo invito e chi no. C'erano Blanche l'estetista, Jeanette del bistrot e la sorella Valerie con il fidanzato spagnolo, Sylvie la pasticciera e Cyrille, suo marito. E naturalmente Leopold e Vivienne, *madame* Tina, la maestra, con il suo adorato carlino e *monsieur* Dufour. Infine, Robert, Valentina, Josephine con il piccolo Nicholas, e Michel, lo scorbutico compagno di Azalée, il quale piombò per primo a La Parisienne con un mazzo di fiori che consegnò immediatamente alla festeggiata, quasi pesasse e volesse liberarsene, prima di baciare la sua fidanzata e unirsi agli amici musicisti. Dopo di lui, alla spicciolata, arrivarono tutti gli ospiti, pronti a godersi quella serata di maggio mite e insieme trepidante.

"Questi gamberi sono deliziosi," commentò Mavi, addentando l'ultimo dei gamberoni crudi in salsa di mandorle al tè verde. "Conosci la ricetta?"

"Certo, è una mia invenzione," rispose rapida Viola, giocando nel piatto con la salsa.

"Complimenti! Dovresti scrivere un libro."

"Già, me lo ha consigliato anche Azalée..."

"...che è una ragazza molto saggia," concluse Mavi.

"Un brindisi per Viola!" esclamò Leopold alzandosi in

piedi e levando il calice di champagne che accompagnava l'antipasto. "E per questa bellissima festa," continuò.

"Siamo molto felici che tu abbia scelto di stabilirti a La Calmette," gli fece eco la moglie Vivienne, alzandosi a sua volta.

"Benvenuta a La Calmette! E benvenute tutte le tue simpatiche amiche!" disse Valerie, applaudendo come una bambina e incitando il taciturno fidanzato Pablo, che recitò ad alta voce il tipico motto spagnolo: *Arriba, abajo, al centro y pa' dentro.* Tutti lo ripeterono prima di ingollare la loro dose di bionde bollicine.

La cena – servita da due giovani camerieri imberbi efficacemente guidati e sorvegliati da Azalée – proseguì tra tintinnii di bicchieri, scoppi di risa, groppi di parole, collane di sguardi e collezioni di sorrisi marcati dal rossetto delle signore (con l'eccezione di *madame* Tina, che non ne possedeva uno da cinquant'anni) e dalla barba e dai baffi dei signori, eccetto il piccolo Nicholas, che di anni ne aveva solo cinque. Le fila della serata, imbevute di buon vino, cucivano nuove alleanze e simpatie, ricamavano ricordi, imbastivano futuri accordi, inviti e libagioni.

Al tavolo delle ragazze, l'atmosfera era accesa quanto le gote color pesca di Viola, che non si sentiva così incline a rilassarsi da tanto, troppo tempo, come se finalmente potesse sciogliere quei nodi che le erano rimasti dentro e che, giorno dopo giorno, si erano avviluppati fino a diventare una matassa dura e dolorosa, posizionata tra anima e cuore.

"E poi sono finita a ballare con Vincent Cassel!" stava raccontando Alberta.

"L'ex marito di Monica Bellucci?"

"Sì, ma io non sapevo chi diavolo fosse. E non capivo perché tutti ci fissassero! Insomma, il giorno dopo la mia foto era su 'Paris Match'! Pfui, bei tempi..."

"Vi ricordate la festa al Papillon?" intervenne Mavi, servendosi una seconda, abbondante, porzione di frittelle di topinambur con tè Golden Yunnan.

"Era l'estate della maturità," precisò Chantal.

"Cos'è la maturità?" chiese Toni curiosa.

"A saperlo!" scherzò Alberta.

"La maturità è un esame..." esordì Chantal.

"...che nessuno supera mai davvero," chiosò Alberta.

"Un esame di...?"

"Quello che ti aspetta alla fine delle scuole superiori," spiegò meglio Mavi.

"Quello che in Francia si chiama *Baccalauréat*," precisò Viola.

"*Ah, bon.* E dopo cosa siete, maturi?" insistette Toni.

"Esatto," confermò Mavi.

"Maturi come... le mele?"

"*Oui.* Pronti per essere divorati dai morsi della vita," recitò seriosa Alberta.

Toni rise, trascinando le altre nella stessa risata.

"È stata l'estate più bella della mia vita. Ricordate? Sono partita per gli Stati Uniti. Volevo... Uff, quante cose volevo!" disse Chantal.

"Avevamo tutte una lista lunghissima di desideri," sottolineò Viola, spalancando le braccia.

"E poi via via l'abbiamo tagliata, accorciata, rivista, cancellata," proseguì Chantal.

"Be', a volte anche realizzata," dichiarò Mavi.

"I desideri cambiano, no?" disse Toni.

"Si ridimensionano," osservò Chantal.

"Oppure si allargano e si prendono tutto lo spazio," puntualizzò Alberta.

"E si dimenticano..." mormorò Viola.

"Comunque sia, cin cin!" esclamò Alberta, riempiendo i bicchieri. "Ai desideri, che non sono mai abbastanza!"

"Ma questa è *I Want It All*?" la interruppe Chantal, porgendo l'orecchio alla canzone che la band stava suonando.

"I Queen!" le fece eco Mavi.

"*Here's to the future for the dreams of youth, / I want it all...*" cantò Alberta, alzandosi e battendo le mani. "Su, ragazze, in piedi! È la nostra canzone! Quante volte l'abbiamo ascoltata, cantata, ballata?"

"Con i nastri di pizzo nei capelli!" rammentò Viola.

"E i Levi's 501!" rise Mavi.

"Su, andiamo!" le incitò Alberta, convincendo tutte eccetto Mavi a seguirla sotto il piccolo palco realizzato con pallet di legno riverniciati. E tutte eccetto Mavi acconsentirono, dimenandosi e sgolandosi sulle note della canzone che tanto avevano ascoltato, vent'anni prima: *I want it all, I want it all, I want it all, and I want it now!*

Credevano davvero, allora, di poter avere tutto, si disse Mavi nostalgica. Ma quell'epoca era finita, era scomparsa insieme agli anni, i nastri nei capelli, i jeans e le spalline imbottite. Per sempre.

20

Improvvisamente le mancò la sua famiglia. Avrebbe voluto che Giorgio e l'Erede fossero con lei. Cosa ci faceva lì senza di loro? Ancora un paio di giorni e sarebbe tornata a casa. Li avrebbe abbracciati, avrebbe detto loro quanto fossero entrambi parte di lei e, come tali, insostituibili. Estrasse il cellulare dalla pochette e mandò un messaggio al marito. Poi sfogliò le foto digitali del figlio. E sorrise.

"Nostalgia della piccola peste?" indagò Viola, raggiungendola al loro tavolo.

"Sì. Guarda, non è adorabile?" domandò mentre mostrava all'amica un ritratto in pixel dell'Erede.

"Bellissimo. E ti somiglia sempre di più."

"Dove sono le altre?"

"Stanno ancora ballando!"

"E tu?"

"Io... Io ballo da qui, con il cuore. Sono emozionata stasera. Ed è tutto merito vostro. Grazie, Mavi."

"Prego, tesoro. Ti meriti questo e molto altro. Anche qualcun altro. Sai come la penso."

"Sì, lo so. Ma non posso, non... Io non voglio un altro uomo accanto a me. Manuel è stato... Tutto, anche se..." balbettò Viola, arrossendo.

"Sei troppo giovane per tutta questa solitudine."

"E troppo vecchia per una compagnia qualunque."

"Il passato è passato..."

"Solo quando smette di far male."

Il cameriere, il minore dei due, depositò davanti a loro il piatto colmo di *crêpes* al Wulong.

"Non torneresti indietro, non vorresti riavere i tuoi diciotto anni?" chiese poi Viola, seguendo il ragazzo con lo sguardo.

"Qualche volta. Ma mi conosci, sono affezionata alla realtà," replicò Mavi.

"Ehi, ehi... è un toy boy quello che state fissando?" scherzò Alberta, sorprendendole improvvisamente alle spalle.

"Siamo troppo stagionate per lui!" si difese Mavi.

"Sai cosa diceva mia nonna? Che ogni donna può scegliere quando smettere di compiere gli anni. Lei ha smesso molto presto ed è stata un'adorabile trentenne fino... fino a novant'anni, quando ci ha detto serenamente addio."

"Come vorrei avere trent'anni in questo momento, per godermi la mia love story con Marcello giocando ad armi pari. O meglio, ad anni pari," sospirò Chantal, buttando giù l'ennesimo bicchiere di champagne. L'alcol le stava battendo in testa, era un potente carburante.

"I tuoi trent'anni sono ancora lì, in una dimensione parallela. Fai un passo indietro e riaguantali. Come fanno nei film," le consigliò Alberta.

"Chiamami quando ci riesci. Un giro indietro nel tempo me lo faccio volentieri anch'io," scherzò Mavi. "Ma senti, com'è?" indagò curiosa.

"E che ne so? Non sono mai salita sulla macchina del tempo!" ridacchiò Chantal ormai alticcia.

"Intendevo com'è stare con un uomo più giovane."

"Be', il fatto è che... Cioè, insomma... Dopo..."

"Dopo... cosa?"

"Dopo! Dopo i baci, dopo il sesso, dopo... Guardi i tuoi

coetanei e pensi: Dio, come sono vecchi! Marcello non ha pancia, né smagliature né rughe," spiegò Chantal.

"E puoi passargli una mano tra i capelli... perché ci sono ancora i capelli!" esclamò Alberta ridendo sguaiata, scatenando le risate di tutte le altre.

"Esatto! Non l'avrei mai pensato ma... quei cinquantenni che perdono la testa per le ragazze? Be', adesso li capisco. Di più, li giustifico!"

"Chantal!"

"Dico sul serio! Siamo oneste: anche a noi donne piacciono i giocattoli nuovi."

"Con gli addominali scolpiti," s'intromise Alberta. "E il sesso cinque volte al giorno, in tutte le posizioni!"

"Cinque volte al giorno? Uhm... Io e Giorgio l'abbiamo fatto sì e no cinque volte in tutto l'anno!" esplose Mavi, ironica. "E lui non ha ancora compiuto i cinquant'anni."

"E ha ancora tutti i capelli," notò Viola.

"E gli addominali ben tesi," precisò Mavi.

"Cinque volte in un... *Bien*," commentò Alberta.

"Anno! Sì, ragazze! E vi giuro che non sono io quella che dice no! Io non porto mai i miei mal di testa in camera da letto. È lui che... Uff, è sempre stanco, preoccupato. Come se lavorasse solo lui, come se portasse il peso del mondo sulle sue povere spalle, come se avesse..."

"...un'altra?" domandò Chantal, esplodendo come una bibita gassata.

"Chantal!" la sgridò Viola.

"Un'altra? Giorgio? Ma no!" la rassicurò Mavi con un sorriso a mezzaluna.

"Perché no?" continuò Chantal.

"Chantal!" ripeté Viola, alzando la voce di un'ottava.

"Giorgio? Un'amante?" incalzò Mavi.

"Mah, un'altra donna. Se la ama, non lo so."

"Chantal!" urlarono insieme Viola e Alberta, mentre Mavi sbiancava sotto il make-up.

"Cos'è esattamente che non sai?" Mavi raddrizzò il busto e poggiò i gomiti ben aperti sulla tovaglia, a sfidare l'amica in un inedito braccio di ferro femminile.

"Se è amore," mormorò Chantal, portandosi una mano al petto.

"Azalée!" chiamò Viola, alzandosi e dirigendosi verso la ragazza che chiacchierava con Jeanette, qualche metro più in là.

"Vengo con te," la seguì Alberta, invitando Toni a fare altrettanto.

"Voi non vi muovete di qui," le minacciò Mavi, fermandole con un gesto della mano.

"Mavi, io... non so..." iniziò titubante Chantal.

"Forza, Bocca della verità."

"Se... Ecco, non posso!"

"Oh, sì che puoi!" l'attaccò Mavi, ormai alterata.

Chantal unì le mani in preghiera, portando la punta delle dita alle labbra. Chiuse gli occhi e inspirò profondamente. "E va bene," disse. "Ho visto Giorgio con un'altra."

"Un'altra... cosa?"

"Mavi, Chantal. Finitela qui," s'intromise Viola perentoria, con un tono che nessuna di loro, nemmeno lei stessa, aveva mai udito prima.

"No, noooo!" l'aggredì Mavi. "Io voglio, pretendo di sapere! Chantal deve dirmi... Chantal!"

Chantal fissò prima Viola, poi Alberta, infine Mavi.

"Li ho visti insieme. A Milano, in un ristorante."

"Loro chi?"

"Giorgio e... lei."

"Impossibile, sarà stato qualcuno che gli somigliava. Giorgio non va mai a Milano senza di me."

"Proprio così, Chantal. Ti sarai sbagliata," intervenne Viola decisa.

"Te l'ho detto che era lui!" replicò Chantal.

"E lei?" indagò Mavi, nervosa.

"Bionda, capelli corti e minigonna. Sulla trentina. Con una cartella di documenti rossa."

Mavi si ripiegò sulla sedia come un origami di carta.

"Katia, la nostra assistente di studio," balbettò. "Probabilmente un pranzo di lavoro. Forse Giorgio me l'ha detto e io non ci ho fatto caso. Quando?"

"Poco prima di Natale..."

Mavi si afflosciò e non proferì parola per un lungo istante.

"Quando l'hai detto a Viola, intendevo," chiese poi.

"Be', subito... insomma, io non sapevo... non volevo..."

"E chi altri lo sa?" Una smorfia le attraversò il viso contratto.

"Noi. Io, Viola e..."

"Tu, Alberta, vero? Voi sapevate e non mi avete detto niente?" le aggredì Mavi, abbandonando la sedia e piantando bene i tacchi nell'erba soffice. "Belle amiche che siete! Brave! Un applauso per le mie amiche del cuore!" gridò, scatenando un allegro brindisi tra gli ospiti, ignari di ciò che stava accadendo al tavolo delle cinque donne.

Poi si allontanò furiosa verso la casa, lasciando le altre immobili come pedine sulla scacchiera, in attesa di un'altra partita.

Fu Toni a smuovere il gioco, dopo cinque lunghi minuti: "*Alors?*" esordì.

Viola guardò Chantal e incrociò le braccia, contrariata. Alberta bevve un lungo sorso di champagne e strinse a sé la fidanzata.

"Avrei dovuto dirglielo allora, quando l'ho scoperto," Chantal chinò il capo, mortificata.

"Avresti dovuto tacere *adesso*," la rimproverò Viola.

"Non ho potuto trattenermi!" si scusò Chantal.

"Non ci riesci mai, tu," la riprese Alberta.

"Lo so! È più forte di me."

"A quarant'anni sono poche le cose più forti di noi."

"Cosa vorresti dire, che sono una bambina?"

Alberta sbuffò.

"Ci parlo io," intervenne Viola, riferendosi a Mavi.

"No, tocca a me," la fermò Chantal, sollevando i lembi del vestito lungo e preparandosi ad attraversare il prato.

Viola si accasciò sulla sedia e rifiutò il piatto di *crêpes* di magro al Wulong che il cameriere le stava porgendo. Improvvisamente si sentì nauseata, di una nausea che le pervadeva ogni nervo, ogni segmento di muscolo, ogni centimetro di pelle, ogni millimetro di capelli.

"Le corna sono come i denti: quando spuntano fanno male, ma poi servono per mangiare. Lo dicono i turchi. O i greci. Non ricordo più," recitò Alberta, che non aveva perso l'appetito, anzi si gettò ingorda sulle *crêpes* e ne allungò un boccone a Chai che ansimava ai suoi piedi con occhi golosi.

"Povera Mavi," commentò Toni.

"Non avrebbe dovuto saperlo," continuò Viola. "Avevo pregato Chantal di non raccontarle nulla."

"E perché?" domandò Alberta. "Perché non avrebbe dovuto essere informata? Io glielo avrei detto subito, lo scorso dicembre. Ma tu ti sei opposta."

"Sono affari loro, di Mavi e Giorgio. Non ci riguardano," s'innervosì Viola.

"Mavi è un affare nostro! È la nostra migliore amica da più di vent'anni!" replicò Alberta.

"E Giorgio è suo marito da dieci! Ed è il padre di suo figlio! Non possiamo... Be', non potevamo intrometterci. La loro è una famiglia, capisci? Non si manda all'aria una famiglia per... una svista, una sbandata, una..."

"E se fosse una relazione? Se Giorgio mantenesse due storie parallele? E con la sua dipendente, per giunta! Che è anche la dipendente di Mavi, *bien...*"

"È un doppio tradimento," notò Toni, "nel classico stile

degli uomini." Pronunciò la parola uo-mi-ni con l'accento sulla prima "i", come se dicesse "mini", "piccoli uo". E quali uomini non erano piccoli?, rifletté Viola. Lo erano anche le donne: bambini e bambine mai cresciuti, se non nelle fattezze e nella misura degli abiti, pronti a rompere i giocattoli preferiti per piangerci sopra. E tra tutti i giochi a disposizione, sceglievano sempre i sentimenti. Manuel no, Manuel era grande. Lo era sempre stato. O no?

"Avremmo dovuto metterla in guardia. E te l'avevo detto. Avrei dovuto insistere, ma tu no, non hai voluto."

"Basta, Alberta!" si spazientì Viola. "Ogni coppia ha i suoi segreti, non è compito delle amiche rivelarli."

"Tu e la tua dannata discrezione!" reagì Alberta, alzando la voce.

"Discrezione, sì. E rispetto."

"Di chi? Di cosa?"

"Della vita degli altri!" s'impuntò Viola con voce stridula.

"Io, Mavi e Chantal non siamo gli altri: siamo le tue sorelle!"

"Ma ci sono cose che sono e devono restare private, intime."

"Cosa?"

"Cose..."

"...che non mi riguardano, vero?"

"Alberta!"

"Non ti sopporto quando fai così, quando ti trinceri dietro quella bella facciata inaccessibile. Nulla ti tocca e nulla ti coinvolge, vero?" la incalzò Alberta.

"Stai esagerando!"

"Te lo dico chiaro, Viola. E te lo dico davanti a Toni: se domani tu dovessi scoprire che la mia fidanzata mi tradisce, be', gradirei che me lo dicessi. E se mi vedessi in piedi sull'orlo del burrone, dimentica il tuo ipocrita senso del rispetto e salvami!"

"Sei irragionevole. Lo sei sempre stata."

"Grazie per la rivelazione."

Le due tacquero, ostili. La band attaccò in quel momento *Like a Prayer* di Madonna. Alberta si voltò verso Toni e la baciò. Viola si allontanò: era meglio fare il giro dei tavoli e degli ospiti. Questa volta non avrebbe distribuito sorrisi e confetti, si sarebbe limitata a ringraziare per gli auguri e i regali che l'attendevano insieme alla torta e avrebbe brindato, sperando di placare la tempesta che le montava dentro, come un conato.

"Faccio servire i secondi?" le chiese poco dopo Azalée, le guance arrossate dalla fatica della serata e lo sguardo lucido di chi ha bisogno di una rigenerante notte di sonno.

"Sì, grazie. Ti sono grata per tutto quello che hai fatto e stai facendo, è tutto perfetto," le disse Viola, tentando di relegare il diverbio con Alberta in un angolo della mente, mentre il cantante intonava le strofe che aveva canticchiato tante volte insieme alle ragazze: *Life is a mystery, / Everyone must stands alone, / I hear you call my name...*

"*And it feels like home...*" intonò sottovoce, davanti a una stupefatta Azalée, la quale osservò: "È la prima volta che la sento cantare".

"Non ne avevo mai avuto bisogno prima," rispose Viola.

"Il canto è il vagito degli adulti," dichiarò la ragazza, che aggiunse: "È un vecchio proverbio *québécois*".

"Quanto ti manca il Québec?"

"Moltissimo. Ma mi mancherebbe di più Michel," spiegò, riferendosi al fidanzato francese.

"E non hai paura?"

"Di cosa?"

"Di illuderti... Che una mattina tu possa svegliarti e renderti conto che non era questa la vita che volevi, che non era Michel l'uomo che desideravi."

"La paura è una scelta. E io scelgo ogni giorno di non

averne," replicò sicura Azalée, facendosi improvvisamente seria.

"Ti auguro di non averne mai. È una pessima compagna, la paura."

"Prima o poi la incontriamo tutti. Credo che basti ignorarla. O ballarci sopra," rise, lanciando lo sguardo verso il palco, la band e la coppia Alberta-Toni che danzava avvinghiata. Anche lei e Manuel avevano ballato un lento durante la festa di matrimonio, rammentò Viola. Lui la teneva stretta, come se fosse tutta sua e volesse imprimerle il suo marchio addosso: la donna di Manuel e di nessun altro. C'era riuscito. Se si escludevano quei baci umidi e incerti scambiati con un paio di ragazzi prima di incontrare quello che sarebbe diventato suo marito, lei era stata esclusivamente sua. Il fatto è che a lei andava bene così. Aveva sempre immaginato e sperato di appartenere soltanto all'uomo che l'avrebbe sposata. Il destino l'aveva accontentata. Viola si portava addosso la M di Manuel tatuata sul cuore, sul cervello, sulla carne, sulle cosce, sul seno, sul sesso. E non c'era verso di smacchiarsi. Ci aveva provato una volta... quella prima volta che era stata tragicamente l'ultima. Fissò le spalle impavide di Azalée che si allontanava, pronta a impartire istruzioni ai due camerieri. Forse anche la ragazza aveva la M di Michel stampata addosso.

Chantal stava tentando, invano, di convincere Mavi ad aprirle la porta della camera dove si era barricata e dalla quale tentava ripetutamente di contattare telefonicamente il marito. O meglio, la sua segreteria telefonica: Giorgio risultava irraggiungibile, mentre l'Erede era sano, salvo e vispissimo nelle mani dei nonni paterni.

Chantal si morse le labbra che adesso avrebbe voluto non avere mai aperto. Ma le aveva mosse, aveva lasciato che sillabassero l'inferno per Mavi. Del resto, se non fosse stato per Viola, lei si sarebbe confidata con Mavi subito, quel giovedì di dicembre, fuori dal ristorante dove Giorgio stava romanticamente pranzando con la sua segretaria. Invece aveva telefonato a Viola per un consulto. E l'amica l'aveva convinta a rimandare, a soprassedere, a riflettere e infine a tacere. Perché le aveva dato retta? Avrebbe dovuto fare di testa sua e sputare il rospo allora, si rammaricò. Ma l'universo aveva preferito così.

"Mavi," ripeté ancora una volta, bussando alla porta chiusa dietro la quale l'amica si ostinava a rintanarsi.

Non era una donna dalle lacrime facili, Mavi. Chantal cercò di ricordarsi se e quando l'aveva vista piangere di tristezza o disperazione, in tanti anni di fedele amicizia. Le contò: tre o quattro in tutto, due per gli aborti spontanei che aveva ahimè affrontato prima di mettere al mondo l'Erede, una al funerale di Manuel e l'altra – ma non ne era sicura – quando Giorgio era partito per il master negli Usa e lei era rimasta sola a Torino ad aspettarlo.

Infatti Mavi non stava singhiozzando né gemendo: stava allevando la rabbia. Sentiva la collera crescerle dentro, una collera forsennata che la possedeva come una malattia e si sarebbe presto manifestata come il morbillo o l'orticaria. Non poteva trattenerla sotto pelle. Doveva espellerla, buttarla fuori e contagiare tutti. A cominciare da Chantal, che aveva acceso il fuoco che ora le divampava nelle vene, la stessa Chantal che, tanti anni prima, aveva flirtato con Giorgio e lo aveva baciato davanti a lei. Per sfida, per gioco, perché aveva bevuto troppo. E Mavi aveva capito, accettato e perdonato, ma non aveva mai dimenticato. Ce l'aveva naturalmente anche con Katia, che se n'era infischiata di lei, del suo ruolo, della sua famiglia e della fiducia che le aveva concesso. E con Giorgio, certo. Quel Giorgio che era con lei da sempre e per sempre, che aveva eletto marito e poi padre di suo figlio, che aveva messo in cima a qualunque lista, prima di se stessa e addirittura, talvolta, prima dell'Erede. Lo conosceva da quindici anni e l'aveva scelto ogni giorno, anche quella mattina di dicembre nella quale lui le aveva mentito ed era andato a Milano con Katia. Dov'era adesso? Con chi, soprattutto? Perché aveva il cellulare staccato? Meditò di tornare immediatamente a casa, di noleggiare un'auto e guidare tutta la notte fino a Torino e sorprendere il marito all'alba, ma quella era una delle mattane che avrebbe potuto fare Alberta, non lei. Alberta... Viola... perché avevano taciuto? Perché non l'avevano informata subito? Avrebbe affrontato la cosa immediatamente, di petto, com'era solita fare: avrebbe chiarito con Giorgio, licenziato Katia, rimesso in sesto la sua vita matrimoniale o forse no, forse avrebbe cacciato il marito di casa e si sarebbe stretta all'Erede ogni notte nel lettone. Non sapeva cosa avrebbe fatto esattamente, ma di certo non sarebbe stata zitta né ferma. Del resto, non era la prima volta che Giorgio metteva alla prova la tenuta del loro rapporto. Dopo il secondo aborto, quando già avevano compilato l'elenco di possibili nomi da affibbiare al nascituro e acquistato la nuova monovolume *family size*, lui si era chiuso in un silenzio ostinato. Invece di consolarla e di aiutarla a superare il dolore, il più devastante che lei avesse mai provato, Giorgio aveva cercato rifugio nelle serate alcoliche con gli amici, nelle partite a calcetto, in viaggi di lavoro sempre più frequenti e irrinunciabili, sino all'inevitabile scappatella che lei aveva prontamente subodorato, punito e archiviato con la terza, testarda e finalmente riuscita gravidanza. E adesso...

"Vattene!" urlò a Chantal, al di là della porta che le separava. "Lasciami in pace!"

Ma era la guerra che desiderava.

22

Chantal si allontanò sconfitta, le scapole chiuse come ali ripiegate. No, non era un angelo. Quella sera si era comportata da diavolo, aveva infiammato gli animi e soffiato sulle braci di recidive insicurezze. Si maledì e tornò sui suoi passi e sui gradini che la condussero al piano terra e da lì in giardino.

Chai le corse intorno, con la sua andatura sghemba, allegra come tutte le creature che fiutano l'affetto intorno a sé. Da quando Viola l'aveva salvata in quell'autogrill e adottata, la cagnetta non era mai più stata sola. Anche Chantal avrebbe voluto trovare la sua cuccia. In tanti anni di vagabondaggio sentimentale, non l'aveva mai costruita e nessuno gliel'aveva preparata. Non i suoi genitori, che si erano separati quando lei aveva solo sette anni e suo padre aveva dilapidato una fortuna in una serie di investimenti sbagliati; non sua madre, alla quale era stata affidata e che aveva dovuto imparare a lavorare a quarant'anni, lamentandosene con lei ogni giorno; non la zia zitella, che l'aveva accudita e allevata per dovere e non per amore; non gli uomini con cui aveva condiviso letti e nottate, progetti, arte, viaggi, scoperte e delusioni. Alla fine se n'erano andati tutti, lasciandola sola. E lei aveva cercato rifugio nello yoga e soprattutto nella meditazione quando il suo insegnante, il suo guru le aveva confidato che nessuno è solo, che l'universo fa compagnia a tutti e sostiene tutti, come una rete di sicurezza. Lei si era buttata in quella rete, ma non era sicura di non essersi ferita. E quella sera era caduta, trascinandosi dietro quelle che più amava, le uniche che le avevano sempre offerto affetto senza chiedere nulla in cambio.

Si diresse verso il tavolo che era stato loro assegnato e lo scoprì pieno di piatti, ma vuoto di amiche. Pensò che così sarebbe stato il suo cuore senza Mavi, Viola e Alberta. E Marcello che, dalla notte che avevano trascorso insieme, non le risparmiava teneri messaggi e dichiarazioni sentimental-digitali. L'avrebbe abbandonata anche lui?

Si guardò intorno in cerca dei volti famigliari di Viola e Alberta. Avvistò la prima, impegnata a intrattenere Valerie e Jeanette, e scovò la seconda sotto il palco, che muoveva le anche al ritmo della musica, allacciata a Toni come a una cintura di sicurezza.

Si accomodò in tempo per ricevere la propria porzione vegetariana di verdure con balsamo di Osmanthus Wulong, invece del petto d'anatra che tutti gli altri avrebbero degustato di lì a pochi minuti. Ringraziò il cameriere e si versò un ennesimo bicchiere di bollicine, promettendo a se stessa che sarebbe stato l'ultimo. Da quando si era dedicata allo yoga non beveva alcolici, se non nelle occasioni speciali. Quei giorni a casa di Viola lo erano stati. Ma le bastavano pochi sorsi, ormai, per inebriarsi. Dall'indomani si sarebbe costretta a una bella dieta detox, ne sentiva il bisogno. Soprattutto dopo quello che aveva combinato.

"Non vuole ascoltarmi," spiegò a Viola, quando la raggiunse e le si sedette accanto. "Ha telefonato a Giorgio ma risponde la segreteria, e l'Erede è dai nonni," aggiunse.

"Novità?" domandò Alberta a Chantal, avvicinandosi a sua volta e ignorando Viola.

"Si è chiusa in camera e mi ha ordinato di andarmene," disse Chantal. "Mi sa che l'ho combinata grossa."

"L'abbiamo combinata grossa tutte e tre," la consolò Alberta.

"E adesso? Cosa facciamo?" domandò Chantal, ingollando lo champagne in un unico sorso.

"Aspettiamo," suggerì Viola.

"Le dobbiamo delle spiegazioni," si oppose Alberta.

"Quali? Devo giustificarmi per aver parlato o per aver taciuto?"

"Parlato!" esclamò Viola.

"Taciuto!" replicò Alberta.

Chantal fissò prima l'una e poi l'altra. "Quindi?"

"Diamole un po' di tempo," consigliò Viola.

"Andiamo da lei," ribatté Alberta.

Le due incrociarono lo sguardo in un duello, incuranti di Chantal.

"Quindi?" ribadì ancora Chantal, perplessa.

"Vado da Mavi," dichiarò Alberta.

"No, sbagli!" l'ammonì Viola.

"Ti ho dato retta lo scorso dicembre *et voilà*, questo è il risultato," ringhiò, battendo il pugno sul tavolo.

"Se Chantal non avesse..."

"Il punto non è Chantal!" esclamò Alberta, alzando la voce. "La conosci, Chantal."

"Sì, Chantal è Chantal, ma..." replicò Viola.

"Ehi! Cosa state insinuando?" s'intromise l'interessata.

"Il punto non sei tu, Chantal," ribadì Alberta, sempre più tesa. "Non sei mai stata capace di tenere un segreto, lo sappiamo tutte. Il punto è..."

"Come, come?" reagì Chantal.

"...Il punto è che non siamo state leali con Mavi. L'abbiamo ingannata!"

"Non dire sciocchezze," reagì Viola, con un impeto inaspettato.

"Se fosse una sciocchezza, non saremmo qui a discuterne, no?"

"Io li so tenere i segreti, ma in questo caso..." intervenne Chantal, paonazza in volto e sulla scollatura.

"Non era né il momento né il luogo per rivelarle la storia di Giorgio," la interruppe Viola.

"Mi è sfuggito! Non ho potuto trattenermi!" si giustificò Chantal.

"Lo vedi? Non sai tenere i segreti!" la sgridò Alberta.

"Lei doveva sapere!" si difese Chantal.

"No!" s'impose Viola. "Lei non doveva. Non da noi e non così!"

"E da chi altri? Da Giorgio? 'Amore, volevo informarti che ti tradisco con la nostra segretaria. Spero tu non la prenda male,'" disse Alberta, scimmiottando Giorgio.

"Che stupidata!" si sfogò Viola.

"È stato stupido darti retta."

"E quando mai tu dai retta a qualcuno, Alberta?" si lamentò Viola.

"Anch'io mi sono lasciata convincere da te," ammise Chantal.

"Quindi sarebbe colpa mia? Colpa mia se tu, Chantal, non sai tenere la bocca chiusa? Colpa mia se tu, Alberta, non hai trovato il tempo di occuparti della cosa e hai delegato decisioni, conversazioni, pareri a me? Non hai mai tempo per nessuna di noi! E adesso critichi pure..."

"Cazzate!"

"Cosa avrei dovuto fare?" chiese Chantal, spaventata dalla piega che stava prendendo la discussione.

"Uff, quello che sentivi, Shanti!" sbottò Alberta. "*Bien*, hai quarant'anni: prendi le tue decisioni e assumiti la responsabilità delle tue cazzate!"

Chantal si ritrasse, facendosi piccola piccola sulla sedia, poi fuggì via.

"Complimenti," sibilò Viola, irritata.

"Non siamo qui per giocare alle belle statuine. Non alla nostra età. Io dico quello che penso! E se a qualcuna dà fastidio, peggio per lei," grugnì Alberta, allungando un braccio sulle spalle nude di Toni.

"Sei sempre la solita."

"Grazie a Dio, sì!"

"Smettila! Smettila di essere così... così egoriferita!"

"E insensibile, egoista, stronza!?"

"Non mettermi in bocca parole che non sono mie, Alberta."

"Una volta lo sono state."

"È passato tanto di quel tempo. Che senso ha riesumare il nostro vecchio litigio?"

"Che senso ha non farlo, se lo abbiamo archiviato?"

"Alberta, sei insopportabile quando ti comporti come una maestrina!"

"Sempre meglio che depressa, viziata e..."

"E...?"

"Patetica!"

"Patetica? Io?"

"Sì. Sono tre anni che vivi isolata in questo eremo, sola e inconsolabile!"

"Sono sola e inconsolabile: sono una vedova!"

"Non sei l'unica al mondo ad aver perso il marito! Centinaia di donne come te sono sopravvissute, sono andate avanti, hanno reagito. Ma tu no! Tu vuoi fare la vittima, vuoi essere compatita. Povera, povera Viola!"

Viola si drizzò in piedi come una vela pervinca schiaffeggiata dal vento.

"Come osiiii?" ringhiò con il viso stravolto. "Come? Cosa ne sai tu di me, della mia sofferenza, di quello che mi porto dentro ogni giorno e ogni notte? Cosa ne sai di quanto è difficile alzarsi ogni mattina, consapevole che non c'è nessuno e non c'è nulla là fuori per cui valga la pena farlo?" continuò, spintonando Alberta. "Non sapere perché sono al mondo, per chi. E chiedersi fino a farsi male se le cose sarebbero potute andare diversamente. Non trovare mai pace né riposo senza i sonniferi, essere sempre accesa, sempre sintonizzata sulla stessa immagine di Manuel che mi guarda... Mi guarda, capisci? E poi se ne va, sale in auto, ingrana la marcia! Come osi, tu? Come puoi farmi questo tu, la mia amica?" ululò, punta nel cuore dal suo stesso dolore, improvvisamente riacutizzato.

Fece per allontanarsi, ma Toni le sfiorò il braccio e rallentò la sua fuga. Si staccò da Alberta, le si avvicinò e la prese per mano, come si fa con una bambina impaurita. La trascinò con sé sulla pista da ballo sotto il palco e la strinse in un lento. E solo allora Viola sciolse le sue lacrime.

23.

"*Joyeux anniversaire, joyeux anniversaire, joyeux anniversaire!*" All'improvviso la band attaccò con il classico motivetto degli auguri di buon compleanno. In pochi secondi, Viola fu circondata dai suoi ospiti, tutti muniti di scintillini, pronti ad abbracciarla e a brindare allegramente insieme.

Lei avrebbe voluto darsela a gambe: non c'era nulla da festeggiare, quel momento non aveva in serbo nemmeno un grammo di allegria. Fu solo quando intravide Mavi farsi strada nel gruppo, seguita a pochi passi da Chantal, che si sforzò di sorridere e di ringraziare. Intanto Azalée allestiva baldanzosa il tavolo della succulenta torta di cioccolato bianco con ripieno di vaniglia e tè al litchi, fatta appositamente realizzare a forma di teiera. Di lì a poco, Viola vi avrebbe affondato il coltello. Non prima di aver spento le quattro candeline gialle, una per ogni decennio trascorso.

Azalée alzò lo sguardo e la osservò. Che qualcosa non andasse, l'aveva intuito dallo strano andirivieni delle amiche, ma la conferma era tutta negli occhi di Viola, velati e smarriti nonostante fosse al centro di tutto ciò che aveva costruito: affetti, amicizie, affari, abitudini.

Azalée si dispiacque per lei, per la patina dolorosa che si portava sempre addosso come una divisa, e si chiese se, tra vent'anni, anche lei l'avrebbe indossata, se avrebbe esaurito ogni scorta d'amore per la vita e si sarebbe arresa nella maratona degli anni che rubano fiato e speranze. O forse no, forse lei avrebbe corso tutta un'altra gara, e sarebbe stata felice di tutti i chilometri macinati, anche dei più faticosi. Cercò Michel con lo sguardo e lo sorprese a fissarla. Le scoccò un bacio a distanza e lei ricambiò con un sorriso aperto e leale. No, non sarebbe invecchiata in una botte di tristezza o, peggio, di disperazione.

Alberta restò aggrappata al bordo del tavolo e si astenne dalla piccola selva di braccia, mani e gambe che si andavano affollando intorno a Viola. Non aveva esaurito la sua scorta di ostilità e non era mai stata capace di fingere. Per questo, in passato, aveva avuto spesso motivo di scontrarsi con le amiche e con Viola in particolare, alla quale attribuiva l'ambivalente capacità di risultare sempre misurata, composta e "carina", al limite dell'opportunismo. Viola aveva sempre evitato liti, confronti, disaccordi. Li scansava, li aggirava, passava oltre con eleganza, senza infierire né, soprattutto, farsi scalfire. Alberta, invece, era nata sotto il segno della polemica. E aveva coltivato, negli anni, la sua tendenza a guerreggiare con tutti: famigliari, amici, amiche, fidanzati, colleghi. Aveva vissuto armata, sempre pronta a dare battaglia. Quelle poche volte in cui si era concessa di deporre lo scudo le avevano causato dolore, perdite, ferite. Così aveva scelto di proteggersi con una corazza invisibile ma resistente, costruita maglia su maglia contro delusioni, illusioni, sconfitte grandi e piccole. Soltanto a Toni, e solo in certi momenti, aveva concesso di penetrare oltre la sua fitta rete di protezione: al primo gesto di sfida della fidanzata, però, avrebbe subito sguainato spade e pugnali per difendersi. E probabilmente se ne sarebbe andata. Via, sparita per sempre là dove nessuno avrebbe potuto stanarla.

Aveva fatto così anche con sua madre e suo padre, i quali – a suo parere – non l'avevano mai compresa né incoraggiata. L'avrebbero voluta medico come loro, impegnata in qualche missione umanitaria. E come suo fratello, che, alla fine, in Congo ci aveva lasciato la pelle ed era diventato un eroe per tutto l'albero famigliare, del quale lei era il frutto spurio, caduto lontanissimo dalle radici. Alzò la testa giusto in tempo per ammirare lo spettacolo di Toni che avanzava sensuale verso di lei, l'unica che poteva davvero danneggiarla. Insieme alle sue amiche, ovvio. Per un istante si domandò se era valsa la pena di litigare con Viola e con Chantal, poco prima. Probabilmente no. Ma era fatta così, non poteva essere nient'altro. Era gramigna, non verbena, e lo sarebbe stata fino all'ultimo stelo.

Alla vista della torta a forma di teiera, Viola tremò grata ed emozionata. Non avrebbe voluto tagliarla tanto era bella, ma i suoi invitati erano smaniosi di assaggiarla, così si armò di lama e si preparò a incidere la glassa candida. Più di tutto, si preparò a esprimere quattro desideri, uno per ogni candelina. Improvvisamente, quattro le sembrò un numero esagerato: non aveva così tanti sogni da realizzare.

Si guardò intorno, tra i volti di quanti erano intervenuti quella sera a celebrare con lei i suoi quarant'anni, come se potessero suggerirle quali aspirazioni invocare a ogni soffio di fiamma. Soltanto quando intravide Mavi, capì che avrebbe dedicato una candela a ognuna delle sue amiche, perché almeno loro potessero ottenere ciò che smaniavano in cuore. Avrebbe chiesto alla fata della torta di donare pace e serenità famigliare (a Mavi), amore, passione e un marito (a Chantal), compassione, allegria e la dedizione di Toni (ad Alberta). Per sé, serbò un'unica richiesta: galleggiare e nuotare fino a riva, ovunque essa fosse. Soffiò determinata, tra gli auguri e gli applausi degli invitati, e affondò l'acciaio del coltello nella crosta, fino ad annegarlo nella pasta morbida e profumata.

Fece tante piccole fette bianche che Azalée provvide a servire e distribuire, pezzetti imbevuti di cioccolato e di speranza che avrebbero riempito pance e, forse, animi.

Infine, toccò ai brindisi. Fu Vivienne a prendere la parola per prima e raccontare come aveva conosciuto Viola, che si era rifugiata nel suo bed & breakfast, e come lei e il marito l'avevano aiutata a trovare casa e negozio, grazie alla complicità di *monsieur* Dufour. La ringraziarono per le tante tazze di tè insieme, brindarono alla gioia che i suoi secondi vent'anni le avrebbero sicuramente regalato e all'amicizia che lega più e meglio dell'amore. Poi fu la volta di Tina, la vecchia maestra che aveva strigliato tutti a La Calmette, dove era approdata per caso appena ventenne e da dove non se n'era mai più andata. Da sotto la sua permanente azzurrognola, suggerì alla festeggiata che, dopotutto, "una gioventù bisogna averla: poco importa l'età in cui si decide d'esser giovani". Infine, il piccolo Nicholas le si avvicinò trotterellando e le impresse un bacio sulla guancia, mormorando qualcosa che, nelle sue intenzioni di cinquenne, avrebbe dovuto significare auguri.

Subito dopo, la band riprese a suonare un brano di Phil Collins, gli ospiti a mangiare, bere e ballare. E Viola si mise a rintracciare le sue amiche disperse, che sembravano ostinarsi a giocare a nascondino. Roteò gli occhi in tutte le direzioni, per scovarle: sotto il palco, a tavola, negli angoli bui del giardino. Individuò soltanto Chai, che mordicchiava soddisfatta un piatto di carta sporco di cibo, trattenendolo tra le zampe come un ambito trofeo. S'intenerì. Amava quella cagnetta: le aveva dato casa, cibo e cura e in cambio la cucciola di Breton l'aveva ricompensata con dedizione, fedeltà e affetto ineguagliabile. Ognuna rendeva felice l'altra, come nelle migliori relazioni. Anche Manuel le aveva dato tanta felicità, ma, a differenza di Chai, pretendeva qualcosa in cambio. Che lei fosse attraente. Che tenesse in ordine il grande appartamento di Mentone. Che lo coccolasse quando aveva una giornata no. Che lo rallegrasse quando lui si sentiva giù e lo festeggiasse quando si sentiva su. Che fosse disponibile quando aveva voglia di lei e fosse pronta a seguirlo, dove e quando lui lo desiderava. In cambio, l'amava. Ed era tutto ciò che Viola chiedeva. Le era sempre bastato sino a quando...

"Buonanotte cara, grazie della splendida serata." *Monsieur* Dufour si congedò con il solito, umido, baciamano *d'antan*.

"Mia giovane amica, *bonne nuit*," le augurò Tina la maestra. "Si ricordi: spesso un momento restituisce ciò che molti anni hanno tolto," la salutò. Poi strinse *monsieur* Dufour sottobraccio e si avviò, trascinando con sé il suo vecchio carlino.

24.

Due ore dopo, la band ripose i suoi strumenti e il servizio di catering i suoi piatti. Alla spicciolata, se ne andarono tutti, anche l'irriducibile Valerie – decisamente brilla – e il suo fidanzato spagnolo, il quale abbracciò stretta Viola e le biascicò nell'orecchio "*Hasta luego, mi vida*". Azalée e Michel spensero le lanterne una dopo l'altra, abbandonando i gazebo al destino buio della notte. Di Mavi, Chantal e Alberta, nessuna traccia.

Viola si avventurò fino ai confini del giardino, insieme a Chai. La cagnetta annusò l'erba girando intorno alla padrona, come una ruota intorno al suo perno. Non era stata la serata gioiosa e spensierata che si era immaginata all'inizio, meditò Viola infreddolita dalle prime spire del vento dell'Ovest. E ora avrebbe dovuto percorrere sentieri tortuosi per riportare a casa tutte e tre le amiche.

Si voltò e osservò la sagoma nera di La Parisienne che si stagliava contro il cielo: le finestre erano illuminate e proiettavano la loro luce sulla terra scura, quasi potessero scavarla. Le sovvennero le parole di Chantal: "Più la notte è buia, più l'alba è vicina" le aveva ripetuto l'amica nei giorni successivi alla scomparsa di Manuel. Ma quell'alba non era mai diventata giorno.

"Ah, Manuel... Se solo tu non fossi mai giunto in quella

piazza, non avessi imboccato quella strada, non fossi scappa-
to via così, a tutta velocità... Se avessi rallentato... Se mi avessi
aspettato, ascoltato," disse Viola al nulla ventoso che la circondava, tormentando il suo anulare sinistro e la sua fede nuziale, che non aveva mai tolto. "E se io non fossi uscita di casa
quella sera!"

Aveva rivisto il film di quell'ultimo loro incontro così tante volte da non sapere più com'era andata davvero: ciò che
era stato e ciò che Viola avrebbe voluto che fosse stato erano
un unico, indistricabile, filo. Che lei aveva perso.

La voragine dentro il suo stomaco le dava le vertigini, come se potesse caderci dentro. Le sembrava così sciocco avere appetito in quel momento. Avrebbe dovuto rigirarsi nel
letto, folle di dolore e di rabbia. Certo non di fame. Mavi si
levò indispettita. Aveva indossato la camicia da notte senza
struccarsi e ora il colletto era chiazzato di terra e di mascara,
come la federa. Aveva bisogno di un sonnifero, ma non ne
aveva. Erano anni che non ne assumeva, nel timore che l'E-
rede si svegliasse in piena notte e avesse bisogno di lei, della
sua mamma. Ma adesso, dopo quello che aveva scoperto...
Purtroppo, convenì con se stessa, le orecchie non hanno palpebre che possano chiudersi, non possono difendersi da ciò
che si è costretti a sentire.

Scosse la testa riccia, cercò a tastoni sul comodino il cellulare e compose per l'ennesima volta il numero del marito. Niente, Giorgio era ancora irrintracciabile. Che gli fosse
capitato qualcosa? Eppure i suoceri l'avevano rassicurata:
aveva affidato loro il piccolo Erede per un viaggio di lavoro
improvviso. Non c'era motivo di preoccuparsi, sarebbe rien-
trato l'indomani. Ma domani era tardi per Mavi, che smaniava di sapere, verificare, chiarire, litigare.

Al culmine dell'agitazione, scese in cucina, scalza e avvolta nella camiciona oversize, con l'intenzione di preparar-

si una tisana rilassante, o una semplice tazza di camomilla liofilizzata. Invece, si lasciò attrarre dal frigorifero. E, più di tutto, da quel che rimaneva della torta di cioccolato bianco a forma di teiera, ovvero il manico. Ne sezionò una fetta abbondante e la divorò a forchettate, infilzando ogni boccone con foga e nessun ripensamento. Doveva colmare il baratro che le si era spalancato dentro e si stava mangiando tutto, anche la collera, senza la quale non sarebbe stata capace di reagire; senza la quale si sarebbe arresa alle lacrime; senza la quale avrebbe supplicato Giorgio di non lasciarla mai.

Quei quaranta minuti al telefono tra Francia e Italia le sarebbero costati parecchio sulla prossima bolletta telefonica, ma ci sono cose che non hanno prezzo. E sentire la voce sexy e insieme rassicurante di Marcello era una di queste. Chantal si avvolse nelle lenzuola, come se queste potessero abbracciarla, e si trasformò in un fagotto informe al centro del materasso. Rimase immobile in quella posizione per qualche minuto, godendosi il tepore rasserenante del bozzolo che aveva creato. In fondo, non aveva fatto nulla di male: dando spazio alla verità, aveva rispettato uno dei princìpi fondamentali della legge cosmica del Dharma. Così le aveva spiegato Marcello e lei gli aveva dato ragione. Ciononostante, non si sentiva per niente sollevata.

Immaginò lo strazio di Mavi e ipotizzò tutto ciò che, da quella sera in poi, le sarebbe accaduto: lacrime, dolore, rancori, forse anche una separazione?

Quanto ad Alberta, aveva sfoderato la sua proverbiale aggressività contro di lei. Le accuse dell'amica l'avevano tramortita, e le avrebbe probabilmente fatte sue se Marcello non l'avesse convinta del contrario: lei non era né infantile né tantomeno fragile, bensì sensibile e ben conscia che ognuno, sulla terra, è qui per compiere la sua missione, qualunque essa sia.

Quanto all'essere più o meno adulta, non le risultava che esistesse uno strumento o un criterio per stabilire chi lo fosse e chi no. Conosceva tanti uomini e donne "grandi" che ne combinavano di peggio dei marmocchi. E Alberta, in fondo, era una di questi. Era perennemente concentrata su di sé, sulla sua affermazione, sull'avere ragione. Come se avere ragione potesse salvarla dalla sofferenza.

Macché! Siamo nati per apprendere e gli sbagli sono i nostri migliori maestri. Meglio stare dalla parte del torto, piuttosto che... Ecco, i suoi pensieri stavano di nuovo correndo lontano da lì.

"Stai nel presente," l'ammonì la voce di Marcello dentro la sua testa.

Chantal ubbidì e provò a concentrarsi sulla respirazione, sul battito del cuore, sulle sue percezioni sensoriali: aveva sete. Si buttò la pashmina sulle spalle nude e lasciò la stanza, diretta in cucina.

25.

Viola si avviò finalmente verso casa, richiamando una Chai distratta dall'odore della notte e dalle prime spire del vento dell'Ovest. Sarebbe stato difficile, se non impossibile, addormentarsi, ma ci avrebbe provato. Magari aiutata da qualche sorso di Dolce Sonno, la tisana relax che acquistava dal suo fornitore tedesco, e un cucchiaino di miele alla lavanda. Di lavanda avrebbe cosparso anche il suo cuscino, e avrebbe ingoiato una compressa di melatonina. Aveva promesso a se stessa di fare a meno di sonniferi e antidepressivi, ma c'erano momenti in cui rimpiangeva questa promessa. E stasera era uno di quelli. Aveva la testa affollata: c'erano Manuel e Mavi, Chantal e Alberta, Giorgio, Azalée e gli invitati che se n'erano appena andati. E c'era Charles, che s'affacciava a intermittenza sull'orlo dei suoi ricordi. Infine, c'era il senso di colpa, che permeava tutto e tutti.

Viola sospirò, Chai sbadigliò e le due entrarono in casa contemporaneamente, la prima focalizzata sul bollitore, l'altra sulla sua ciotola d'acqua.

"Mavi," mormorò stupita, incontrando l'amica, che continuò indifferente a ingurgitare forchettate di torta.

"Mavi, mi dispiace. Io..." riprovò Viola, avvicinandosi.

Mavi si scostò e depositò il piatto ormai vuoto nel lavello. Poi s'incamminò verso la porta, decisa ad andarsene.

"Mavi, no! Fermati. Parliamone, vuoi?"

Mavi si bloccò sulla soglia, fece dietrofront e si schierò a braccia conserte davanti a Viola, in ascolto.

"Io... immagino come tu ti senta," esordì Viola.

"No, tu non sai come mi sento."

"No, ma... mi dispiace."

"Che io sia stata tradita da mio marito o dalle mie migliori amiche?"

"Non è come pensi..."

"Ah no? E com'è?"

"È che non sapevo, non credevo... Te ne avrei parlato prima che tu ripartissi, con calma. Volevo prima indagare con te, sapere come andava con Giorgio, non volevo rischiare di mandare all'aria il matrimonio per una... un momento... un incontro... un inizio di niente!"

"Tu avevi il dovere di dirmelo subito, Viola! Tu sei quella sulla quale io ho sempre contato, sei la più saggia, la più affidabile, la più responsabile!" gridò Mavi.

Viola tacque, aggrappandosi al tavolo.

"Come ho potuto fidarmi di te?" Mavi rincarò la dose. "Sono sempre stata onesta con te, trasparente. E ti sono stata vicina come e più di una sorella. Ed è questa la ricompensa? Che razza di amica sei?"

"Quello che è accaduto non ha nulla a che fare con la nostra amicizia, Mavi! Sai benissimo di cosa è fatto il nostro legame! Sai che ti voglio bene!" si difese Viola, alzando i toni.

"Così bene da trattarmi come una stupida? Non è da te: la Viola che conosco io non si sarebbe mai comportata così, mai."

"Quella Viola non esiste più!" urlò Viola, scossa. "Ho avuto paura per te. Mi sono chiesta cosa avresti fatto tu al mio posto... E io al tuo!"

"Tu non sei mai stata al mio posto, tu hai sempre ottenuto tutto facilmente: bellezza, popolarità, ammirazione, lavoro, denaro, amore. Che ne sai tu di quanto costa farsi amare e accettare nonostante... nonostante tutti i propri difetti? Nonostante questo corpo sovrappeso, queste perenni occhiaie, queste stramaledette rughe? Come diavolo competi con una trentenne magra e tonica, bella e sexy, quando hai dieci anni di più e non sei... non sei più una ragazza, ma un'orribile, grassoccia, donna di mezz'età? Come te lo tieni un marito, eh?"

"Mavi, smettila! Non è per questo che Giorgio..."

"...mi ha tradita? E allora perché? Perché sono noiosa, perché non vado con lui allo stadio, perché passo metà del mio tempo a lavorare e l'altra metà a occuparmi di suo figlio, della sua casa, della sua famiglia?"

"Dovresti chiederlo a lui, non a me! È con lui che devi fare i conti, Mavi, non con me o Chantal o..."

Chantal s'affacciò in quel momento sulla soglia della cucina e squadrò le due amiche in posizione da combattimento.

"Tu non sai cosa significa stare accanto a un uomo ogni giorno, con il timore che lui non ti trovi più attraente e che ti abbandoni! Non sei tu che ogni notte ti domandi a chi stia pensando tuo marito e perché non fa sesso con te!" continuò Mavi. "Manuel non ti avrebbe mai fatta sentire così."

"Mavi, no!" la supplicò Viola, coprendosi il viso con i palmi delle mani. "Non tirare in ballo Manuel!"

Chantal sgusciò in cucina e mise un braccio intorno alle spalle di Viola.

"Non tormentarla, per favore! Sono io che ho visto Giorgio al ristorante e io avrei dovuto telefonarti e informarti subito. Perdonami," si scusò Chantal, poggiando il bicchiere vuoto sul lavello.

"Oh, ecco Miss Bocca della verità!" la canzonò Mavi, sarcastica. "Ammettilo, Chantal. Sei sempre stata invaghita di Giorgio, fin da quella sera in cui l'abbiamo conosciuto. Quando lui ha scelto me, non potevi crederci, e non ti sei mai arresa. E adesso ti stai vendicando!"

"Sei impazzita? Io innamorata di Giorgio? Ma nemmeno in un'altra vita!"

"Ma se l'hai baciato e hai flirtato con lui! Davanti a me!"

"Ma è successo secoli fa! Ed ero ubriaca, Mavi. Non ricordi?"

"Sei sempre stata gelosa di me."

"E perché mai, scusa? Mavi, stai dicendo sciocchezze, piantala!"

"Perché io ho conquistato tutto ciò che desideravo: un marito, un figlio, un bel lavoro. Non è stata un'impresa facile, ma ci sono riuscita. Ce l'ho fatta. Tu invece..."

"Io invece sono una fallita, vero? È questo che pensi di me? Giusto perché tu lo sappia, so di aver fatto tanti errori, ma fortunatamente non quello di sposare un uomo come Giorgio!"

"Uhhh, e perché, Miss Bocca della verità?"

"Perché... perché no, perché è egoista, manipolatore, bugiardo..."

"Mavi, Chantal, basta!" intervenne Viola, stravolta.

"Ah, eppure hai partecipato al mio matrimonio e hai firmato come testimone."

"Basta, vi prego, basta!" insistette Viola.

"Te lo dissi che Giorgio non mi piaceva!" si difese Chantal. "Ma tu eri innamorata, sembravi felice."

"Io sono felice! Il mio matrimonio funziona. Quello che hai visto a Milano non... Sicuramente hai travisato, hai ingigantito tutto. Tu non sai cosa vuol dire stare in coppia! Tu non hai un marito, non hai un compagno."

"Meglio sola che male accoppiata."

"Sei... sei una bambina, non sei mai diventata grande! Apri gli occhi, Chantal: il principe azzurro non esiste! E se a quarant'anni ancora lo aspetti, be', in bocca al lupo, perché non lo troverai!"

Chantal mosse due passi in direzione di Mavi, compatta e

nervosa come un boxeur pronto a tirare un destro al suo avversario, e Viola temette che Chantal potesse davvero saltare sul ring e mandare al tappeto la sua amica-nemica.

"Calmati, Shanti!" gridò.

Chantal la ignorò e si piazzò a pochi centimetri da Mavi, a gambe larghe.

"Sei tu quella che vive a occhi chiusi, Mavi," disse stentorea, con l'indice puntato come una pistola. "La vita può essere un'autostrada o un sentiero nel bosco: io mi sono persa da qualche parte, tra gli alberi, ma tu hai imboccato l'uscita sbagliata. Ti consiglio di accendere il Gps, o di acquistare una nuova mappa."

"Cos'è questa, un'altra delle tue massime zen?" ringhiò Mavi.

"Un consiglio, a-mi-ca."

Viola s'inserì prontamente tra le due litiganti.

"Ragazze, finiamola. Sediamoci, beviamo una tazza di tè e..."

"Tu e le tue inutili tazze di tè, Viola! Non sarà un sorso di tè verde a riconciliarmi con mio marito, né a restituirti il tuo," sbottò Mavi, spintonando Viola e crollando a sedere sulla sedia più vicina, sfatta.

Viola s'immobilizzò. Quando riprese fiato, si buttò furiosa sulla piattaia che aveva trasformato in tecoteca, gettò a terra tutti i barattoli di latta colorati e sparpagliò etti ed etti di foglie, miscele, polvere e fiori di tè sul pavimento di cotto. Completamente fuori di sé, calpestò l'insolito tappeto verde con una furia inaspettata, in un bizzarro e triste tip tap. Chai abbaiò, Mavi scoppiò in lacrime, Chantal l'afferrò per le spalle, tentando di mettere fine a quella danza macabra e disperata, senza riuscirci. Insieme, caddero in ginocchio.

"*Oh, mon Dieu!*" esclamò allarmata Alberta, che aveva abbandonato il talamo dove stava facendo sesso con Toni e si era precipitata giù, lungo le scale, preoccupata per il trambusto che proveniva dal piano di sotto.

"Sono stata io," biascicò Viola, con uno sguardo acqueo e assente.

"Viola..." l'abbracciò Chantal.

"Sono stata io," riprese Viola tremando. "Io ho ammazzato mio marito!"

26.

"È stato un incidente," dichiarò Alberta risoluta. "Tu non hai nessuna colpa," continuò, addolcendo il tono di voce e sedendosi a terra, accanto a Viola.

Anche Mavi fece lo stesso, lasciandosi scivolare sul pavimento cosparso di tè e di profumi. "È stata una fatalità," disse.

"No, noooo! Voi non capite, voi non sapete... Manuel, perdonami!" gemette Viola, cingendosi le ginocchia con le braccia.

Chantal, Alberta e Mavi si scambiarono uno sguardo interrogativo e angosciato insieme.

"Viola," intervenne Chantal, "tutte abbiamo visto le foto dell'auto di Manuel distrutta dopo... dopo lo schianto e... mi dispiace, mi dispiace tanto, ma lui è morto in sala operatoria. Ha perso il controllo della vettura sulla scogliera. So quanto soffri, ma devi sforzarti di guardare avanti."

"Non posso! Non posso e non voglio essere viva dopo... dopo di lui. Fa troppo male, non ce la faccio. Non ce la faccio ad accettare... un dolore che non se ne va, non diminuisce mai!"

"Manuel non vorrebbe vederti così. Sai quanto ti amava!" la consolò Mavi.

"Ma io non l'ho amato abbastanza!" gemette Viola, scuotendo la testa.

"Ma se eravate fatti l'uno per l'altra. Il vostro era amore vero!" la rincuorò Chantal.

"Nooo, noo! Non il miooo."

"Viola, non sei lucida in questo momento," iniziò Alberta. "Ora ti metto a letto e ne riparliamo domani."

"Non voglio che ci sia un domani!"

"Dove sono i tuoi sonniferi?" domandò Alberta. "Mavi, chiama Azalée, lei lo saprà senz'altro," ordinò.

"Noooo, non voglio dormire. Manuel viene a trovarmi tutte le notti, mi fissa e non dice niente, ma ha la bocca spalancata. E io so che ce l'ha con me! Non avrei dovuto, non avrei mai e poi mai..." riprese a raccontare Viola con il respiro affannato.

"Mavi, chiamiamo un medico," s'allarmò Alberta.

"Lascia fare a me," s'intromise Chantal, costringendo Viola a sdraiarsi e mettendole una mano al centro del petto, sul diaframma. "Inspira lentamente, su," le suggerì. Viola ubbidì e seguì le istruzioni dell'amica. "Ora espira, profondamente, così. Un'altra volta, brava," la incoraggiò.

Ma Viola non si calmò. "Quella sera non ero a casa," cominciò. "Io ero uscita. Manuel mi aveva detto che avrebbe fatto tardi, che aveva una cena con alcuni clienti," ricordò, con gli occhi puntati sul soffitto della cucina, "e io ho accettato un invito... un appuntamento che continuavo a rimandare. Non so perché l'ho fatto, credo per curiosità, per noia, perché non mi andava di restare sola... Per vanità! Lo diceva sempre suor Leonarda..."

"La pazza?" precisò Alberta.

"Quella che ci spiava sempre!" commentò Chantal.

"La odiavo, era sempre pronta a rigirare il coltello nelle nostre piaghe," dichiarò Mavi.

"Be', nel mio caso aveva ragione," concluse Viola, con un filo di voce. "La vanità ti farà fare una brutta fine, mi ammoniva. E infatti..."

"Tu non sei mai stata vanitosa," osservò Mavi.

"Quella sera," ripeté Viola, "volevo sentirmi... desiderata? Mah, avevo voglia di truccarmi, di farmi bella, di farmi notare. Volevo... ecco, volevo ricevere complimenti. Vi capita mai?"

"Sempre, ma non arrivano!" confessò Mavi.

"E c'era quest'uomo..."

"Dove?" domandò Alberta. "Al ristorante?"

"Sì... Cioè no. Lo incrociavo tutte le mattine, quando andavo a correre sul lungomare. Un giorno ci siamo fermati a chiacchierare e poi abbiamo iniziato a fare colazione insieme, dopo la corsa. Prendevamo posto al chiosco, ordinavamo un bicchier d'acqua o una spremuta. Stavamo lì al sole, a parlare di tutto e niente. Era un amico? Un conoscente? Non lo so. Mi faceva riflettere. Mi intrigava, ecco. Ero affascinata dai suoi modi. Aveva girato il mondo come... boh, manager di qualche cosa, e faceva consulenze aziendali."

"*Bien*, ci andavi a letto," disse Alberta.

"No, no... Mai," negò Viola.

"Ma ci provava con te," suggerì Mavi.

"Non direi. Comunque, non subito. Ci siamo... avvicinati. Lui aveva voglia di conoscermi meglio e io anche. Mi aveva invitato a cena tante volte e io avevo sempre declinato. Sapeva che ero sposata, che mio marito era il mio unico amore. Ma quella sera, davanti all'ennesima serata solitaria, con Manuel fuori chissà dove... La casa mi soffocava come una prigione! Guardavo il mio salotto, i divani, i quadri, il tavolo. Mi stavano intorno come guardie! Persino il mare, dietro le finestre, mi toglieva spazio e aria. Così ho composto il suo numero."

"Il numero dell'uomo che corre?" puntualizzò Chantal.

"Sì. Gli ho detto che avrei desiderato cenare insieme. E ci siamo dati appuntamento in un ristorantino a due passi da Mentone, dove non ero mai stata. In fondo, non stavo facendo nulla di male. O forse sì... Non smetterò mai di rimpiangere quella telefonata!"

"E Manuel?" indagò Alberta.

"Gli ho detto che avrei cenato fuori con un'amica, una compagna del corso di pilates."

"E invece..." intervenne Mavi.

"Invece sono andata all'appuntamento, con le farfalle nello stomaco come quando ero ragazzina. Ci siamo accomodati a un tavolo per due, accanto alla finestra. A pensarci adesso! Abbiamo ordinato una bottiglia di Bordeaux, del pâté, mi pare. A un tratto ho sollevato la testa dal piatto e c'era Manuel dietro il vetro! Manuel! Mi ha trafitto con gli occhi, si è voltato ed è fuggito via. Io gli sono corsa dietro, volevo spiegargli, presentargli Charles..."

"Charles?" chiarì Alberta.

"L'uomo che corre, suppongo," specificò Chantal.

"L'ho chiamato, gli ho urlato di fermarsi con tutto il fiato che avevo nei polmoni, ma lui non ha rallentato, ha aperto la portiera dell'auto, avviato il motore ed è partito con una sgommata. Fermati, amore, fermati!" gridò Viola, agitandosi sul pavimento. "Non andartene, resta con me! Ti amo, Manuel, ti amo! Perdonami, amore, perdonami," ripeté come un tragico mantra. E poi: "Ho ucciso te, ma non riesco a uccidere me. Non troverò mai pace, non la merito! Sono condannata all'inferno ovunque vada, qualunque cosa faccia, qualunque maledetta tazza di tè io possa riempire," singhiozzò, in preda agli spasmi.

Chantal tentò di abbracciarla, Mavi aprì tutti gli sportelli della cucina in cerca di un calmante e Alberta... Alberta pianse come non aveva fatto mai, nemmeno davanti alla salma di suo fratello.

27.

Azalée girò la chiave nella toppa della porta sul retro, quella che conduceva direttamente in cucina, e si spaventò: decine di barattoli erano ammucchiati semivuoti sul pavimento verde di tè. Fortunatamente adocchiò subito il biglietto sul tavolo, indirizzato a lei: "Non preoccuparti, ti spiegheremo tutto più tardi, Chantal".

La ragazza cominciò a rassettare. Prese scopa e paletta e trasformò in minuscole colline di foglie essiccate, fiori e rametti quella che era stata una stravagante prateria notturna. Ce n'era di lavoro da fare: la festa aveva lasciato in eredità un gran disordine.

Buttò un'occhiata all'orologio, che segnava le sette e quaranta, e mise a bollire un po' d'acqua per prepararsi una tazza di Rooibos, ammesso che, in tutto quel caos, riuscisse a trovarne una cucchiaiata per fare l'infusione.

Sperava che le ragazze, alla fine, si fossero rasserenate. L'indomani sarebbero partite, lasciando lei a fare compagnia a Viola. Non che la sua datrice di lavoro si lamentasse mai della solitudine, anzi, ma Azalée sapeva leggerle negli occhi la fame di intimità che si portava dentro.

Quando suonò il campanello, immaginò che fosse Norbert, il postino. Il quale, a dispetto del celebre romanzo e dell'altrettanto celebre film, non suonava mai due volte. E spesso abbandonava la posta sulla soglia.

Rimase sorpresa dall'uomo che stazionava fuori dalla porta: brizzolato e spettinato, con una cicatrice che gli spaccava il mento in due, indossava una camicia che aveva bisogno di una bella stirata e forse anche di un giro in lavatrice. Levandosi gli occhiali da sole, sfoderò uno sguardo grigio e penetrante che poteva essere tanto adorabile quanto spietato.

"Chi cerca?" domandò la ragazza, appoggiandosi rigida allo stipite.

"Maria Vittoria," disse l'uomo. "Sono suo marito," spiegò in un francese sciolto ma decisamente italiano nella pronuncia. E chiarì: "Giorgio, piacere. Mavi è qui?".

"Credo stia dormendo. C'è stata una festa ieri sera e si è fatto un po' tardi."

"Il compleanno di Viola," precisò Giorgio.

"Vuole... vuole che la svegli?" chiese Azalée, facendolo accomodare in salotto.

Lui annuì e sprofondò nel divano divaricando le gambe. "Posso avere un caffè?"

"Non ce n'è, ma posso offrirle del tè."

"Espresso, se possibile. Nero e senza zucchero. Il tè, intendo," replicò l'uomo con un mezzo sorriso.

Azalée si dileguò su per le scale in cerca di Mavi. Giunta davanti alla sua porta, rimase con le nocche in aria per un secondo, prima di bussare. Odiava svegliare le persone, non sapeva mai quale sogno avrebbe interrotto. E la realtà, per lo più, non riservava belle sorprese.

Dalla camera non provenì risposta né rumore, solo silenzio. Con cautela, la ragazza abbassò la maniglia, nel tentativo di socchiudere appena la porta che, invece, si spalancò sulla stanza vuota.

Esterrefatta, camminò avanti e indietro lungo il corridoio, indecisa sul da farsi. Dov'era Mavi? E tutte le altre? Alla fine, bussò alla porta di Viola, ma nemmeno lei reagì ai tentativi di Azalée, che, preoccupata, entrò nella stanza da letto dove la padrona di casa dormiva profondamente, raggomitolata nel maxiletto balinese insieme a Chantal. Alberta era sdraiata a terra, avvolta in una coperta, e Mavi era rannicchiata sulla poltrona, accanto allo scrittoio.

Sospirando, Azalée si avvicinò in punta di piedi e le picchiettò dolcemente sulla spalla mal coperta dal plaid.

"Mavi," sussurrò. "Mi scusi, Mavi."

La donna scosse la testa contrariata, senza aprire gli occhi.

"Che c'è?" chiese, smarrita e vagamente intontita.

"Suo marito."

"Passamelo sull'interno."

"Suo marito è qui."

"Va bene."

"Cosa gli dico?"

"Che lo richiamo."

"Intendo dire che è di sotto, la sta aspettando."

Mavi sollevò finalmente le palpebre e balzò in piedi, frastornata.

"Giorgio?"

"Shhh! Sì."

"Che ci fa qui?"

"Non ne ho idea."

Le due sgusciarono fuori con cautela.

"Offrigli un tè. Scendo tra un minuto."

Mavi si rifugiò in bagno e si sciacquò il volto tumefatto dalle lacrime e dagli strazi della notte precedente, poi si vestì in fretta, infilando la vecchia salopette di jeans che portava ogni anno a La Calmette, nell'eventualità che le venisse voglia di dedicarsi al giardinaggio e alle erbe officinali, cosa che non era mai accaduta in tre anni.

Sentì la tensione scaldarle la bocca dello stomaco. Cosa ci faceva lì Giorgio? Che cosa voleva annunciarle di tanto urgente? Lei non gli aveva lasciato messaggi sulla segreteria che potessero fargli intendere che sapesse della sua... avventura, *liaison*, flirt... qualunque cosa fosse quella con Katia. La sua testa si riempì di parole: divorzio, separazione, matrimonio, Erede, tata, nonni, single, tribunale, beni. E poi: perdono, scuse, amore, sesso, errori, vita, tempo, solitudine. Infine: coppia, moglie, casa, coniugi, fede, tetto, unione. Quali di queste avrebbe usato lui? E lei?

Si riavviò i capelli e si lavò i denti. Se avesse dovuto mostrarli, sarebbero stati almeno puliti, pensò, stupita della sua stessa ironia.

Fece le scale aggrappandosi alla ringhiera e contò per la prima volta i gradini di La Parisienne. Erano quindici, come gli anni dacché conosceva Giorgio. Per lei era stato amore a prima vista ma, prima di conquistarlo, aveva dovuto sconfiggere una fidanzata e un paio di concorrenti. Alla fine, aveva vinto. La sua tenacia le aveva dato ragione, nonostante i bocconi amari che aveva ingoiato guerra facendo. Sperò di non doversene pentire.

"Amore!" esclamò lui sorridendole e andandole incontro, pronto ad abbracciarla.

Mavi lo lasciò fare, senza ricambiare.

"Ho guidato tutta la notte per arrivare qui," raccontò lui, perplesso dalla reazione contenuta della moglie. "Mi sono fermato soltanto un paio d'ore per riposare un po'."

"Avevi il telefono spento."

"Sì, si è scaricato e non avevo il caricatore in auto. Ma meglio così: se mi avessi chiamato, non sarei stato capace di mantenere il segreto!"

"Quale?"

"Questo!" disse Giorgio, spalancando le braccia e le labbra. "Ho affidato Giacomo ai miei genitori e via, sono partito."

"Be', che sorpresa..."

"E non è l'unica. Non immaginerai mai perché sono qui," continuò lui, con enfasi.

"So tutto, Giorgio."

"Impossibile. Non ne ho parlato con nessuno a parte Katia. È stata lei a suggerirmi di raggiungerti e..."

"Lei?! Ma brava Katia! E sei venuto fin qui per dirmelo, immagino," si stizzì Mavi.

"Mi è sembrata una buona idea! È da tanto che io e te non..." iniziò Giorgio.

"Non certo per colpa mia," lo interruppe subito.

"No, no. Sono io che non mi sono reso conto e... Sai come siamo noi uomini," si giustificò lui.

"Temo di sì, purtroppo." Mavi si strinse nelle spalle e si appoggiò alla parete. Tutta la rabbia accumulata la notte precedente aveva lasciato posto all'amarezza del risveglio. Se avesse potuto, avrebbe chiuso gli occhi e ripreso a dormire, ma doveva prima risolvere con suo marito, decidere che cosa fare del loro matrimonio.

"Stai bene?" le chiese lui, sempre più disorientato dall'incomprensibile comportamento della moglie. Era montato in macchina entusiasta, convinto che Mavi sarebbe stata più che felice di vederlo e di trascorrere qualche giorno insieme. Negli ultimi mesi aveva dedicato tutte le sue energie a preservare lo studio dal fallimento, trascurando se stesso, lei e il loro matrimonio: molti clienti non avevano rispettato i tempi dei pagamenti e altri, con molta probabilità, non lo avrebbero mai pagato del tutto per le sue consulenze. Doveva anche due mesi di stipendio arretrati a Katia... Con la quale, l'inverno precedente, era stato sul punto di intrecciare una relazione. Per fortuna, entrambi avevano avuto il buonsenso di fermarsi prima che fosse troppo tardi: quel primo e unico pranzo clandestino a Milano, durante il quale si erano tenuti per mano e baciati un po' troppo appassionatamente, si era concluso con un goloso e opportuno semifreddo che aveva congelato le loro voglie. E i due erano rientrati subito dopo a Torino, sollevati e convinti di aver ordinato il dessert giusto.

"Cosa pensi di fare, adesso?" sospirò Mavi.

"Di portarti con me a bere un buon caffè. E poi..."

"E poi decideremo il da farsi. Giacomo?"

"È tra le braccia dei nonni, che lo coccoleranno e lo vizieranno."

"Loro lo sanno?"

"Che sarei venuto a prenderti? Sì. E che magari ci saremmo presi qualche giorno."

"Hai pensato a tutto."

"Veramente no. Preferirei che decidessimo insieme."

"Ma ti sarai già fatto un'idea!" sbottò Mavi irritata.

"Sì, ma mi fido di te," mormorò il marito, allibito.

"Sono molto stanca, Giorgio. Non riesco a ragionare!"

"Vuoi che ci riposiamo un po'? Dov'è la tua stanza?"

"Vieni, usciamo in giardino," decise invece Mavi. Del resto, era là fuori che il suo calvario era iniziato, poche ore prima. Tanto valeva piantarci la croce.

28.

Alberta allungò un braccio per cercare Toni accanto a sé. Invece trovò solo il legno tiepido del pavimento e il tappeto di lana sul quale si era coricata qualche ora prima, nella stanza di Viola, insieme alle ragazze. "Nella bonaccia e nella tempesta" era sempre stato il loro motto. E la notte prima era stata tempestosa. Devastante. Dilaniante. Sconvolgente. Così come i suoi sogni, anzi incubi, nei quali si era rivista ragazzina, mentre piombava in casa da scuola e trovava ad attenderla la nonna e la vecchia gatta Zigulì. I suoi genitori sarebbero rientrati molto tardi, e uno dei due probabilmente avrebbe fatto il turno di notte: chirurgo suo padre, anestesista sua madre, erano entrambi reperibili per ospedali e pazienti, molto meno per lei, la seconda e ultimogenita di famiglia, nata nove anni dopo il primo figlio Tommaso. Quel pomeriggio, però, la nonna non era come sempre acciambellata sul divano, con Zigulì sulle ginocchia. E sul fornello non bollivano né latte né cioccolata. C'era sua madre, invece, seduta sulla sedia della cucina.

"Alberta," le aveva detto, guardandola negli occhi. "La nonna oggi è stata male."

"È in ospedale con papà?" aveva domandato lei, aprendo il frigorifero e ipotizzando il solito innalzamento di pressione.

Sua madre aveva scosso la testa: "No, Alberta. La nonna è morta. Sii forte e sforzati di ricordare tutti i momenti belli che avete trascorso insieme. Lei ti voleva molto bene. Ti ho preso dei biscotti, sono sul tavolo. Fai merenda, poi stasera andiamo a trovarla".

Ma lei non c'era andata. Non voleva vedere la nonna distesa in una bara, con le ciglia sigillate e la pelle di cera. Non aveva voluto vedere nemmeno la salma di suo fratello. E adesso i loro visi la stavano tormentando, si sovrapponevano nella sua testa, migravano verso di lei, sparivano e riapparivano insieme a quello di Manuel, di Viola, di Mavi, di Giorgio. E all'ecografia di quel bambino che lei aveva tenuto in pancia per poche settimane e che non aveva mai partorito.

Alberta si riscosse e si sollevò lentamente sulle ginocchia. Poi gattonò sino alla porta, trascinando la coperta con sé. Aveva bisogno d'amore, aveva bisogno di Toni.

"Manuel... Manuel," bisbigliò Viola agitandosi nel sonno e svegliando Chantal, che le dormiva accanto e subito aprì gli occhi e unì i palmi delle mani in preghiera, per ringraziare l'universo di averle regalato un altro giorno nel mondo della realtà materiale. Poi, dopo essersi assicurata che Viola avesse riacciuffato il giusto ritmo del riposo e del respiro, si alzò. Scostò le tende gialle dalla finestra e ammirò il giardino inondato di sole.

Azalée stava spogliando i rami degli ulivi dalle lanterne di carta di riso della sera precedente e gli alberi le sembrarono dispiaciuti di ritrovarsi nudi. I tre gazebo, invece, erano ancora lì, ma apparivano stanchi e appesantiti dall'umidità della notte, come lo era il suo cuore, intriso delle lacrime che Viola e tutte loro avevano versato. Che nottata! E quanti grumi di sofferenza ognuno si porta dentro, nella fetta di torta che la vita gli riserva.

All'improvviso adocchiò Mavi che si avviava verso il triangolo di erbe provenzali che Viola aveva faticosamente coltivato. Non era sola. Con lei c'era... Giorgio!

Chantal si aggrappò alla tenda e li spiò: Mavi teneva le mani sprofondate nelle tasche della salopette e lo sguardo fisso sulle foglie strette e lunghe di santoreggia, mentre Giorgio le si affannava intorno irrequieto. Cosa sarebbe accaduto, adesso? Chi dei due avrebbe ingoiato il boccone più amaro della torta? Quanto a lei, non era ancora sazia: avrebbe presto dato un altro morso alla vita. E avrebbe avuto il sapore delle labbra di Marcello.

Azalée sollevò lo sguardo oltre la finestra, mentre terminava di sistemare le ultime stoviglie rimaste a sgocciolare impertinenti sul piano di marmo della cucina. Mavi e suo marito erano ancora là fuori, a ballare un inaspettato passo a due tra le strisce verdastre di erbe officinali. Si avvicinavano e si ritraevano a un ritmo tutto loro, incomprensibile eppure sensato. Tutte le coppie lo fanno: si muovono su spartiti e coreografie che gli altri non comprendono. Lei e Michel, la notte precedente, avevano fatto l'amore. Avevano ballato il loro corpo a corpo, l'unico che mette a tacere le teste. Ma per la prima volta lei aveva avuto paura. Paura che il loro ballo non durasse, che non potessero danzare per sempre. L'irrequietudine che aveva colpito Viola e le amiche poche ore prima aveva intaccato anche lei, aveva scalfito la fragile armatura che spalmava ogni giorno sulla pelle, come un filtro contro i danni collaterali della giovinezza.

Cosa avrebbe fatto, allora? Sarebbe tornata in Canada? Oppure sarebbe rimasta lì, nel Gard, a disegnare una nuova vita senza Michel? Di sicuro avrebbe adottato un cane, proprio come Chai. E magari avrebbe aperto una pasticceria tutta sua o una società di catering. Aveva solo venticinque anni. Non sarebbe rimasta sola a lungo, si disse.

Aprì il contenitore della spazzatura. Dentro, la sorpresero le rose bianche che Viola doveva aver gettato via, ma perché? Erano miracolosamente intatte, semisdraiate sulla plastica nera del sacco, come se fossero finte e non potessero pungere né appassire. Le estrasse con cura, le ripulì e le legò strette con lo spago grigio. Le avrebbe portate in negozio, a decorare vetrina e bancone. Le avrebbero fatto compagnia, sino all'arrivo di Viola. Ammesso che lei, oggi, facesse la sua apparizione. Da quando erano arrivate le ragazze, non aveva più messo piede nei pochi metri quadri di *Thé et Toi*. E la sua mancanza cominciava a farsi sentire: i clienti reclamavano la sua presenza, la sua consulenza, il suo modo elegante di servire il tè e il suo speciale tiramisù. E Azalée era stanca di stare tante ore da sola, tra scaffali e teiere. Viola era una donna di poche parole, ma a modo suo riempiva i silenzi e i vuoti. Forse era per questo che suo marito l'aveva amata, perché lei c'era senza imporsi. Senza invadere. Senza esserci?

La giovane tornò a guardare fuori, oltre il riquadro di legno e vetro della finestra. Mavi e suo marito avevano terminato la loro strana danza e avevano lasciato la pista in balìa di timo, rosmarino, basilico, finocchio, maggiorana, origano e santoreggia. Di lì a poco li avrebbe sentiti rientrare. Infatti, qualche secondo dopo, Mavi la raggiunse in cucina per annunciarle che saliva a preparare i bagagli e che sarebbe partita, ma che no, non voleva svegliare o disturbare Viola e le altre. Suo marito l'avrebbe attesa in salotto, poteva Azalée servirgli la colazione?

Certo che poteva, replicò la ragazza, che subito si adoperò per preparare un vassoio da riempire di pane, burro, marmellata e miele di lavanda. Poi accese di nuovo il bollitore e preparò il filtro per un'infusione. Sbirciò dalla porta i lineamenti contratti e vanitosi di Giorgio. Quale tè gli avrebbe servito Viola? Probabilmente una tazza di Ombra del Vento, nero e pepato, ideale per disintegrare quella sua aria sicura e ammorbidirgli i pensieri.

Viola avrebbe approvato la scelta, sarebbe stata fiera di lei, si disse. E prelevò quel che rimaneva della miscela, sul fondo del barattolo con l'etichetta marrone.

29.

Viola si rigirò inquieta nel letto, con la sensazione di avere gambe e braccia di cemento, tanto erano pesanti e indolenzite. Del resto, aveva nuotato a lungo, vittima di onde e correnti, nel tentativo di restare a galla in attesa dei soccorsi. Nel sogno, era caduta in mare dalla barca a vela che lei stessa stava timonando, da sola. E nessuno poteva aiutarla, nessuno tranne... Manuel. Lui sì che l'avrebbe salvata. Non l'avrebbe mai lasciata affogare, glielo aveva promesso tanto tempo prima, sull'altare. Scosse la testa per cancellare ciò che restava delle sue visioni incoscienti e concentrò lo sguardo sui fiotti di luce del giorno che disegnavano ricami sul soffitto.

Odiava il risveglio, quel necessario momento di consapevole riflessione tra la fine della notte e l'inizio della giornata. Più di tutto, odiava constatare che nulla era cambiato nonostante il buio, nonostante il sonno, nonostante i suoi occhi chiusi e le sue speranze. Più di una volta, in passato, era stata tentata di non alzarsi e non iniziare mai la giornata. Se non fosse stato per Chai, che andava nutrita, dissetata e coccolata, probabilmente lo avrebbe fatto. E poi c'era Azalée: non le avrebbe permesso di dormire, di... morire. Né lo avrebbero fatto le sue amiche, ammesso che lo fossero ancora, dopo la confessione della notte precedente.

Viola sospirò, si mise seduta e prese le misure della stanza dalla quale, prima o poi, sarebbe dovuta uscire. Che cosa fa di un rifugio una prigione?, chiese a se stessa. La libertà di uscire e il controllo delle chiavi. Ma si è davvero liberi da se stessi? Si è mai davvero fuori dalle sbarre dei propri convincimenti, dei propri sensi di colpa, della propria storia?

Il romanzo dei suoi primi quarant'anni era diviso a metà: c'era stato il sole, nei primi capitoli. Poi si era scatenata la tempesta. E lei, la protagonista, non era più stata la stessa dopo la pioggia, dentro la neve, contro il vento. Era un'anima, la sua, levigata dalle intemperie. Quanto pesava? Venti, trenta o cinquanta grammi?

S'immaginò di sfilarsela via dal petto e di metterla sulla bilancia, come faceva con le foglie di tè. Ce n'era abbastanza per riempire una teiera, si disse. Ed era una miscela salata, come lo sono le lacrime. Amara come la delusione. Aspra come la sconfitta. Pungente come il dolore: il tè dell'anima non è mai di facile degustazione. Soltanto i pochi palati raffinati dalle asperità della vita possono apprezzarlo in tutta la sua inquieta pienezza, senza aggiungervi né miele né zucchero, concluse, avviandosi nella stanza da bagno gialla. Aprì il rubinetto della vasca, s'immerse nell'acqua calda, come una bustina di tè. Di cosa era fatta lei, di quali essenze, fiori, aromi, piante? Quale gusto sprigionava dentro la tazza della sua esistenza? Non conteneva scaglie di cocco, né petali di girasole o di rosa, né frammenti zuccherini di mango e papaya: lei era un distillato di pura amarezza.

Nessuno avrebbe mai avuto voglia di assaggiarla.

Mavi si scaraventò dentro l'auto, quasi temesse che La Parisienne potesse riacciuffarla e trattenerla tra le dune erbose del prato, le zolle gialle di terra e ghiaia, le mura di pietra e i pinnacoli candidi.

Giorgio terminò di caricare i bagagli e si sedette alla guida, inforcando gli occhiali da sole con un unico gesto misurato e apparentemente studiato. Si sporse verso sua moglie e le scoccò un bacio sulla guancia più vicina, poi ingranò la marcia e partì senza indugi e senza rallentare in prossimità del cancello spalancato. Era un uomo abituato a farsi strada dove e come voleva. Anche lì, in piena campagna francese, rifletté Mavi, rovistando nella sua borsa a caccia di caramelle. Sentiva la bocca secca, con le parole che le si asciugavano dentro e non ne volevano saperne di uscire. Non era abituata a stare zitta. Ma le sembrava di aver detto tutto, che non ci fosse nient'altro che potesse aggiungere a ciò che era stato deciso là nell'orto, tra piante e semi.

Fissò il profilo di suo marito come non faceva da tempo studiandone ogni millimetro. Fino ad allora non aveva notato quelle rughe agli angoli della bocca, né quei segni violacei ai lati del naso. E quanto era stropicciata la fronte, nonostante le creme costose che lei gli comprava e lui metteva ogni giorno, con regolarità. Perfino le mani sul volante non erano quelle che lei ricordava di aver stretto soltanto pochi giorni prima: erano le mani spiegazzate di un uomo di mezz'età, pallide e attraversate da vene grosse e superficiali, nervose.

Le confrontò con le sue. Anche le sue non erano più giovani. La sua età era tutta lì, bastava contare le pieghe che lasciava la pelle intorno alle nocche per scoprirla. Si chiese dove fossero finite le sue mani da ragazza, così compatte e rosee. Non appena fossero arrivati in albergo a Nîmes, o dove diavolo Giorgio avesse intenzione di portarla, si sarebbe fatta un bagno caldo e le avrebbe cosparse di crema idratante.

Posò la nuca sul poggiatesta e chiuse gli occhi. Era così stanca, così provata. La sua non era stata una vacanza, non lo era mai. Non da quando si era sposata. Forse anche prima, da quando aveva conosciuto Giorgio. Si era mai permessa di rilassarsi veramente, quando stava con lui? Cercò di immaginare dove avrebbe voluto essere, dove avrebbe potuto lasciarsi andare. Di nuovo le foglie di santoreggia. Di nuovo il piccolo riquadro di erbe officinali. E lei con la sua salopette, le cesoie, i guanti da giardinaggio, la zappa e il rastrello. Nemmeno con la fantasia poteva riposare. Non ancora.

Alberta trovò rifugio nell'incavo della spalla di Toni e lì si accucciò, con la guancia appoggiata alla clavicola della donna che sperava potesse essere sua per sempre. Riprese il pianto senza parole della notte precedente, finché non divenne un mugolio triste e monotono, costellato di sospiri e di lamenti. Infine s'assopì, esausta. Toni non si spaventò né si mosse. Si limitò ad accarezzare la compagna, i suoi lutti e i suoi dolori, anche quelli che non conosceva e di cui Alberta non le aveva mai parlato e forse non lo avrebbe fatto mai. Restarono entrambe a lungo immobili nel letto disfatto, come tante altre volte dopo il sesso, condividendo l'intimità esclusiva degli amanti. Alberta amava con voracità e buttava giù le emozioni come si fa con una bibita fresca quando è estate. Divorava Toni di baci e di morsi, non era mai sazia della sua pelle leggermente ambrata, dei suoi capezzoli grandi e rossastri, del ventre piatto ma attraversato dalla cicatrice di un'appendicite mal operata, del suo sapore e del suo sudore. Toni, da parte sua, si offriva volentieri come un piatto sempre pronto per essere servito e mangiato. Ma quella mattina Alberta non aveva fame: doveva metabolizzare tutta l'emotività che aveva ingoiato senza digerirla. Doveva ricordare e ripassare dal cuore. Doveva fare un passo indietro per prendere la rincorsa.

Reagiva sempre così, con un'inaspettata e sguaiata vivacità, che poteva sembrare – e spesso lo era – fuori luogo. A lutti, tragedie e drammi altrui, Chantal rispondeva con una massiccia dose di vitalità. Anche questa volta, davanti all'ineffabile sofferenza di Viola, si sentì pervadere da una scarica di adrenalina che non riuscì a dominare, né a incanalare nella meditazione mattutina. Saltellò come un grillo per la stanza, incapace di mantenere posizioni yoga e contegno. Si docciò, si passò lo scrub, si spazzolò vigorosamente i capelli, accese la musica sul suo cellulare: rap, cos'altro? Dimenò anche e bacino al ritmo sincopato delle canzoni che le aveva inviato Marcello e decise di andare a correre. S'infilò i leggings color orchidea e le sue sneaker. Sì, una corsetta le avrebbe fatto sicuramente bene. Avrebbe preferito ansimare lungo il mare, ma si sarebbe accontentata del bosco dietro La Parisienne, o della strada sterrata che conduceva alla distilleria di sidro e alla Locanda delle Mele. Doveva dare sfogo a quell'impeto effervescente che le gasava l'anima, ma conservarne una piccola quantità da trasmettere a Viola, per osmosi.

L'amica ne aveva bisogno. Si era colpevolizzata troppo a lungo e ingiustamente, considerò Chantal. Anche quando ci sentiamo responsabili delle nostre scelte, non lo siamo mai fino in fondo. C'è sempre l'universo che interviene, in quel breve momento in cui diventiamo strumenti, rifletté, richiudendo il cancello di ferro battuto dietro di sé. E Mavi? Come poteva aiutarla? Cosa poteva fare per sostenerla mentre il futuro disegnava i suoi piani? Le sarebbe stata accanto. Si sarebbe trasferita a Torino con l'amica, se fosse stato necessario. L'avrebbe aiutata a crescere l'Erede, come una zia. Avrebbe inventato un'altra versione di se stessa.

Cominciò a mettere un piede dietro l'altro, sempre più veloce. Forse non era così vecchia. Forse poteva ancora acchiappare la vita e farne ciò che desiderava. Forse era questione di pochi metri. Tanto valeva percorrerli.

30.

Viola si sollevò con fatica dall'acqua e dalla schiuma, e solo perché aveva i polpastrelli delle mani raggrinziti dalla prolungata immersione. Prese l'accappatoio di spugna bianco dal gancio dietro la porta e vi si avvolse dentro, accomodandosi sullo sgabello accanto al lavabo. Non aveva nessuna intenzione di uscire di lì, da quel guscio di vapore che la vasca da bagno aveva generato. Come poteva affrontare le sue amiche, ora che conoscevano la verità sulla morte di Manuel e la sua colpa? Ora che lei si era mostrata per quella che era: una stupida, vanitosa, viziata ragazzina in cerca di avventure, complimenti, ammiratori! Lei aveva tradito suo marito, la sua fiducia, se stessa. Si vergognò e affondò la testa tra le mani. Non sapeva più come e a chi chiedere scusa. A Manuel l'aveva chiesto milioni di volte, ma dubitava che quello che rimaneva di lui, ovunque fosse, potesse o volesse ascoltarla.

Sentì Chai abbaiare, probabilmente la stava cercando. Chai l'avrebbe amata oggi quanto ieri e non l'avrebbe giudicata. Le sarebbe corsa incontro scodinzolando come tutte le mattine, in cerca di coccole, carezze e crocchette. Le si sarebbe acciambellata sui piedi, mentre lei faceva colazione. E poi l'avrebbe seguita in negozio, sdraiandosi dietro il bancone, mentre Viola confezionava pacchetti e tazze di tè. Se solo...

Chai abbaiò di nuovo. Quasi sicuramente stava zampettando lungo le scale per venirla a scovare. A breve, le sue unghie avrebbero scalfito la porta della camera da letto, aggiungendo una tacca d'affetto alla superficie di legno. Non poteva, non doveva ignorarla. Cosa avrebbe fatto Chai senza di lei? Chi se ne sarebbe preso cura, chi l'avrebbe amata, viziata, accudita come aveva fatto lei sin da quel primo giorno insieme, all'autogrill di Vidauban? Si erano scelte e si erano unite per sempre. Anche il loro, in fondo, era un matrimonio. E Viola era determinata a tenerlo in piedi a tutti i costi. Non si sarebbe mai distratta e non avrebbe sottovalutato quanto Chai era importante per lei. Così molleggiò sulle ginocchia e si sollevò sui talloni.

"*J'arrive!*" gridò a Chai, in francese. "*J'arrive, ma petite. Tout de suite,*" aggiunse, mentre raccoglieva i lunghi capelli biondi dentro l'asciugamano, a mo' di turbante.

Attraversò la stanza, aprì la porta e si accucciò all'altezza della cagnetta per salutarla. Chai si allungò su di lei, poggiandole le zampe anteriori sul seno. E lei la strinse a sé, l'abbracciò come avrebbe fatto con una bambina.

"*Je suis ici. Toujours. Ma petite, je t'adore. Et toi? Tu m'adores? Oui oui oui oui oui...*" disse, baciando la Breton sul muso pezzato. La quale replicò dandole una bella leccata sulle mani, mani che adesso profumavano di calendula e biancospino.

Dopo essersi lavata e vestita con i soliti, inseparabili jeans e una camicia bianca sopra la canotta all'americana, Alberta riempì alla svelta la sua borsa da viaggio rossa e buttò i pochi cosmetici dentro la trousse, senza parlare. Baciò Toni intenta a preparare il suo striminzito bagaglio da confinare nel bauletto della moto e ne inspirò il profumo di passiflora. Aveva deciso di partire. La fuga a La Parisienne – e forse non solo quella – era terminata. Voleva andare a Milano, vedere sua madre e suo padre, mettere finalmente dei fiori sulla tomba di sua nonna e di suo fratello. E pregare per loro come non aveva fatto all'epoca, quando se ne erano andati senza dirle addio.

Lo strazio di Viola le aveva fatto comprendere quanto possa fare male trattenere in gola l'ultimo saluto. Certi silenzi non contengono nemmeno un grammo d'oro. Il suo era di piombo al cento per cento e le stava avvelenando l'anima.

Doveva guarire, finché era in tempo. Doveva parlare, spiegarsi, soprattutto ascoltare. Doveva porgere orecchio a quello che i suoi genitori potevano ancora dirle, prima che fosse troppo tardi. Prima che se ne andassero anche loro senza scambiare con lei quel commiato che poteva partorirla per la seconda volta.

Viola s'avviò lungo le scale. Chai le trotterellò intorno, facendo giravolte sui gradini e monitorando così la sua padrona. La quale, in altre circostanze e mattinate, si sarebbe diretta senza indugi in cucina, verso la sua tecoteca ben organizzata e la caraffa di tè che Azalée aveva certamente messo a rinfrescare nel frigorifero. Ma non oggi, non all'indomani della furia che aveva scatenato tra le foglie di tè e i cuori delle sue migliori amiche. Si avvicinò invece alla porta di quello che Azalée definiva pomposamente "lo studio", si accomodò alla scrivania, rovistò nello svuotatasche di pelle azzurrina e ne estrasse una piccola chiave, con la quale aprì l'ultimo cassetto. Un bouquet di fotografie spuntò e fiorì davanti ai suoi occhi e a quelli di Chai, che si avvicinò, diede un'annusata e poi rotolò sul tappeto color salmone, mostrando il ventre peloso.

Viola iniziò a staccare i petali di carta fotografica più voluminosi e li dispose sul piano dello scrittoio: per primi un paio di scatti di lei che posava e sfilava in costume da bagno, ai tempi della sua prima vita da modella; poi fu la volta di quelli di sua madre, nel giardino di Villa Luce, a Zoagli, seduta rigida nel sole troppo invadente anche per l'ombrellone, che stentava ad arginarlo. C'erano anche le foto del panorama marino catturato dal suo terrazzo di Mentone: foto di barche, di spiagge e di lungomari a ogni ora del giorno, un paio di lei che sorrideva nell'obiettivo mentre tentava di trattenere i capelli con una mano, controvento. E infine c'era Manuel: lui che timonava la barca a vela, lui alla guida del motoscafo, lui che brindava a un nuovo contratto, lui che cucinava – era bravissimo ai fornelli, quando voleva –, lui che si tuffava dalla scogliera, lui che leggeva, lui che dormiva (e russava), lui che guidava, lui che l'abbracciava, le sorrideva, la teneva per mano. Lui che l'amava. Da quando si era rifugiata a La Calmette, aveva sistemato in fretta e furia quel poco che aveva messo in valigia, e non aveva mai più aperto quel cassetto in cui aveva cacciato, alla rinfusa, una manciata di fotografie prelevate dalla casa di Mentone prima del funerale del marito. Alcune le aveva divise con i suoceri, com'era naturale. E forse non le avrebbe mai più riviste.

Subito dopo l'incidente, i genitori di Manuel le erano stati vicino, nel tentativo di condividere con lei la disperazione della perdita, ma quello di Viola era un dolore che non ammetteva compassione né rimembranza. Loro volevano ricordare, lei dimenticare. S'incontravano il 13 marzo di ogni anno, sulla tomba dell'uomo che aveva unito le loro vite, e si scambiavano un tiepido abbraccio dopo la funzione religiosa che Viola aborriva, ma loro reputavano necessaria. Per chi parlava il prete che non aveva conosciuto Manuel? A cosa serviva quella messinscena, se non a riesumare il cadavere di un lutto mai sepolto? Eppure, non aveva mai affrontato la questione. Si limitava a tollerare e ad accettare il programma stabilito dai suoceri. Manuel aveva amato i suoi genitori, o almeno così Viola credeva. Di affetto famigliare lei aveva una scarsa e singolare esperienza. Cosa ne sapeva di ciò che lega davvero i membri di una stessa famiglia, se non quello che tutti dicono, e cioè che il sangue è sempre sangue e non si annacqua mai? I globuli rossi che lei portava in corpo non dovevano essere particolarmente sentimentali, invece. Poteva stare mesi senza sentire né vedere sua madre. E sua madre faceva lo stesso con lei. Potevano fare a meno l'una dell'altra. Contro tutte le leggi dell'amore.

La corsa di Chantal si trasformò in una camminata veloce, che le consentì di inviare messaggi a Marcello e di recuperare il fiato che la breve quanto intensa corsa le aveva tolto senza regalarle, in cambio, nessuno sprazzo di serenità. Gli accadimenti della notte prima, dalla discussione con Mavi alla rivelazione di Viola, avevano scosso l'equilibrio di Chantal e ora la parte "Pitta" di lei, quella associata al fuoco, stava scaldandosi sotto la cenere, pronta a divampare.

"Certe volte sembra vada tutto bene, ma dall'altra parte c'è sempre un ma e quindi va bene sì, va bene no, dall'altra parte devi compensare un po' e quindi va bene sì, va bene no, io lo faccio sempre e, infatti, tanto prendo tanto do," rappò Emis Killa nel messaggio vocale di Marcello.

E lei? Dava tanto quanto prendeva? Cosa poteva offrire e cosa poteva pretendere?

Fu allora che si scontrò con un uomo alto e imponente: aveva lo stesso sguardo blu, la stessa barba chiara e la stessa aria contrita di tre anni prima, quando l'aveva visto accanto a Viola, fuori dalla sala operatoria dell'ospedale di Mentone. Allora non si erano presentati. Non c'era stato il tempo, la morte di Manuel se l'era portato via tutto.

Chai abbaiò e scattò sulle quattro zampe quando Alberta e Toni scesero dalle scale e planarono nel soggiorno di La Parisienne, ognuna con il proprio bagaglio in spalla. Viola lasciò il suo piccolo appezzamento fotografico e si affacciò dallo studio, fissando prima loro, poi le borse, e con gli occhi chiese cosa stesse succedendo.

"Partiamo adesso," comunicò un'Alberta spenta come non era stata mai.

"*Oui,*" le fece eco Toni, con un sorriso a metà.

"Adesso?" ripeté Viola. E poi aggiunse, abbassando lo sguardo e sentendosi la causa di quell'improvvisa partenza: "Capisco".

Toni le andò incontro, stringendola forte.

"Ci rivedremo molto presto," promise, avviandosi verso l'uscita.

Viola e Alberta rimasero sole, eccezion fatta per Chai che le spiava di sottecchi, indecisa sull'atteggiamento canino da tenere in quella circostanza.

Alberta si chinò verso la cagnetta.

"Mi dispiace," disse senza sollevarsi, coccolando la Breton. "Mi dispiace, Viola. Per tutto: per te, per voi. E per noi. Mi dispiace di non essere stata capace di starti accanto. Non lo sono mai: sono la peggiore delle amiche, delle figlie, delle sorelle. Delle... madri," sillabò, mentre lacrime senza gemiti germinavano da un punto preciso del suo ventre e fuoriuscivano da sotto le palpebre, senza che lei potesse frenarle. "Non so come faccia Toni, come facciate tutte voi a volermi bene. La mia coppa di dolore non si svuota mai, per quanto io possa berla! È un supplizio. Come si chiama, chi è quel miserabile legato alla rupe, con l'uccello rapace che gli divora il cuore o il fegato?"

"Prometeo?"

"E ogni giorno il cuore ricresce. E l'aquila torna a strapparglielo!"

"La mitologia ha già detto tutto, ce lo ripeteva sempre suor Leonarda."

"Ha già detto tutto tranne una cosa: che Prometeo era

164

una donna. Solo una donna può tollerare la sofferenza così a lungo. E continuare a sperare nell'amore..."

"Forse Dio è femmina."

"Togli pure il forse," dichiarò Alberta, alzandosi in piedi e poggiando i palmi delle mani sulle spalle di Viola. "Dio non ha sesso. E non ce l'ha nessuno di noi. Il resto è soltanto carne, forma. Nulla a che fare con l'anima."

"Resta qui, Alberta," la pregò Viola, accarezzandole il viso e asciugandole una lacrima.

"Io non... non posso. Devo tentare di liberare Prometea."

"Sono sicura che ce la farai."

"Anche tu."

Si abbracciarono senza sorrisi, come fanno i naufraghi dopo la tempesta. Poi Alberta uscì dalla stanza. E Viola non la seguì.

31.

Il vento dell'Ovest le rimbombò prima nella testa e poi nel petto, come un richiamo. Mavi uscì sul terrazzino della camera che Giorgio aveva scelto per il loro breve soggiorno a Nîmes. Sotto di lei, il giardino del piccolo *relais* era un tappeto sul quale i gatti – almeno quattro, grossi, grigi e dal pelo lungo – scorrazzavano qua e là senza nessuna geometria, rotolando e inzaccherandosi nell'erba impregnata di pioggia.

Amava il profumo della pioggia. E le sferzate del vento. O almeno così credeva di ricordare. Da ragazzina, aveva trascorso ore ad annusare l'una, quando cadeva, e l'altro, quando soffiava. Le piaceva restare sola con il viso all'insù, a cercare nuvole, segni, scie o stelle. A pregare, fantasticare, pianificare. Da quando aveva smesso di farlo? Si sforzò di ripescare dalla rete della memoria l'ultima volta che ne aveva avuto l'occasione. Quando era incinta le era capitato spesso. Soprattutto negli ultimi mesi, che aveva trascorso in Svizzera con la sorella, in attesa del parto cesareo programmato. Poi no, aveva avuto troppo da fare per potersi concedere il lusso di fermarsi. Si era dedicata totalmente ad altri e ad altro. Per se stessa, aveva contato pochi giri di orologio e conservato pochi spiccioli di minuti. Prima c'erano l'Erede, Giorgio, lo studio, suo padre, i suoceri, la sorella, Irina, il gatto... Ognuno con le sue esigenze e le sue richieste.

Il vento le spolverò il viso. Pensò a quando aveva sognato di provare a catturarlo con le ali di un aliante. Si era ripromessa così tante volte di farlo... E Giorgio l'aveva illusa che l'avrebbe accompagnata, prima o poi. Non era mai accaduto. Mavi non aveva mai volato. Non era mai andata a caccia del vento.

L'acquazzone scoppiò tanto inaspettato quanto violento, e Viola si augurò che risparmiasse Alberta e Toni, durante il loro tragitto in moto verso Parigi. Chantal invece aveva telefonato un quarto d'ora prima: stava pranzando al bistrot delle sorelle Gaultier e sarebbe rientrata non appena la pioggia avesse smesso di innaffiare La Calmette.

Tutto avrebbe immaginato tranne di ritrovarsi sola all'indomani della sua festa di compleanno, chiusa tra le mura di La Parisienne, mentre fuori impazzava il temporale. Non era questo il finale che Viola aveva sognato per la cinque-giorni con le ragazze: Mavi se n'era andata all'alba senza lasciare alcun messaggio, Alberta era fuggita alla ricerca di se stessa e Chantal l'aveva abbandonata, anche se momentaneamente. Soltanto Azalée era là dove doveva essere: in negozio.

Viola indossò i suoi stivali antipioggia, mise in una borsa un paio di ballerine di ricambio e staccò l'impermeabile azzurro dal gancio dietro la porta d'ingresso. Prese chiavi, borsa a tracolla, agenda e ovviamente Chai. I suoi tè la stavano aspettando e lei era smaniosa di rivederli.

Vendeva tè per ogni moto sentimentale: rabbia, delusione, amarezza, scontento ma anche gioia, allegria, euforia, estasi. Ogni tazza era un concentrato di umanità, un'infusione di cuore. Quando i suoi clienti le domandavano cosa avrebbero potuto bere, lei di rimando chiedeva di cosa avevano bisogno. Di un tè abbraccio o di un tè bacio? Di un tè coraggio o di un tè conforto? Poi c'erano i tè leva-paura, contro l'amarezza, contro la malinconia, la solitudine, la stanchezza, l'apatia... E i tè porta-felicità, euforia, leggerezza. C'era una miscela per ogni stato d'animo. E lei le conosceva tutte. Le combinava, le mischiava, le assaggiava e le distribuiva, opportunamente dosate nelle tazze. Nel suo tè-atelier somministrava centilitri di speranza variamente aromatizzata e sorsi di sostegno. O almeno così aveva sempre pensato. E se Mavi avesse avuto ragione, l'altra notte? Se quei tè non fossero altro che acqua calda senza speranze infuse? Del resto, lei aveva testato tutte le combinazioni e nessuna, tra quelle che aveva catalogato, aveva lenito il suo tormento. Poteva soltanto imparare a tollerarlo e a conviverci. Per sempre. Come un fedele compagno.

Sgattaiolò rapida dalla cucina e si fermò sotto la tettoia. Scrutò il cielo livido di pioggia e attraversò di corsa i metri colmi di ghiaia che la separavano dalla sua auto, utilizzando la borsa a tracolla a mo' di ombrello.

"Chai, corri. Presto! Di qua. Su, brava cucciola!"

Si buttò sul sedile, agganciò la cintura di sicurezza, mise in moto e partì in direzione del centro, lungo il nastro d'asfalto grigio come le nuvolacce ammassate sopra e dentro la sua testa. L'asfalto era lucido, come se la strada fosse foderata di raso e lei stesse per inciamparci dentro. Ed era umido e scivoloso, riflettè mentre rallentava in prossimità della rotonda d'Alès.

Il rettangolo sbilenco dello specchietto retrovisore si riempì all'improvviso di un furgone arancione che procedeva spedito, forse troppo, e Viola si avvicinò istintivamente al bordo della carreggiata per lasciarlo passare, ma la sua auto planò su una pozzanghera e sbandò violentemente, puntando impazzita prima verso il furgone, poi verso una motocicletta che sopraggiungeva da destra e infine verso l'orlo scuro del dirupo.

"Noooo, noooo!" gridò Viola, frenando e controsterzando nel disperato tentativo di correggere la traiettoria. "Aiuto, Manuel!" urlò, a un giro di ruota dal burrone, mentre il furgone suonava il clacson disperato.

Chai abbaiò, le ruote gemettero e i dischi dei freni emisero lo stridio acuto delle frenate improvvise, quelle che fanno male. E Viola si aggrappò al volante, preparandosi all'urto o, peggio, a una tragica caduta lungo la scarpata.

Soltanto quando accostò qualche metro più avanti, nella corsia di emergenza della provinciale, mollò la presa. Aveva le dita bianche, contratte e doloranti, e il respiro corto di chi sa di aver scampato il pericolo. Di chi ha visto la morte in faccia ed è riuscito a urlare: "No, non adesso!".

Sprofondò immobile sul sedile. Ignorò Chai che ansimava, la pioggia che inondava il parabrezza, il cellulare che squillava, le auto e la frenesia che le sfrecciavano a fianco. Ignorò l'orologio, l'umidità che aderiva fredda alle sue ossa, il tremore. Restò così, senza muoversi, e pensò che sarebbe rimasta lì per sempre. Con la vita in panne. Non aveva avuto il coraggio di morire. Qualcosa – o qualcuno – l'aveva trattenuta al mondo. E lei non si era opposta.

Chantal non aveva mai visto un uomo piangere. Non per una donna. E non davanti a lei. Ma stava accadendo, nell'ultimo tavolo in fondo al bistrot delle sorelle Gaultier. Davanti a lei, Charles non smetteva di parlare e di allagare gli occhi cerulei, come se non potesse fare una cosa senza scatenare l'altra.

"Viola," aveva mormorato quando si erano scontrati nel grande spiazzo sterrato davanti alla distilleria. "Tu sei l'amica di Viola, quella che è arrivata la notte... quella notte."

"Charles, suppongo," aveva replicato lei, con un filo di voce, memore delle rivelazioni della sera precedente.

"Come sta? Sta bene?" aveva chiesto lui.

"No, non proprio," aveva confessato Chantal, mentre il cielo virava sulle tonalità del nero e si gonfiava di pioggia.

"Parlami di lei," l'aveva pregata Charles, stringendosi nelle spalle vestite di grigio.

"Dimmi di te," aveva ribattuto lei, avviandosi verso il centro del paese, incontro al temporale.

Insieme, avevano varcato la soglia del bistrot e insieme, senza concordarlo, avevano preso posto nell'angolo più defilato.

Charles aveva ordinato un bicchiere di Chablis, Chantal uno di acqua minerale. E ora sedevano l'uno davanti all'altra, come comparse in attesa della protagonista.

"Non credo che lei voglia vederti," esordì Chantal.

"Ma io sì, sono venuto qui proprio per questo."

"Perché?"

"Ne ho bisogno!" disse, colpendo la tavola con il pugno chiuso. "Lei... Io... Quella notte, siamo tutti morti."

"Ma voi due siete vivi!"

"Siamo due zombie, due dannati. Quello che è accaduto è assurdo, terribile, ingiusto. Ma alla fine, l'ho accettato. Ho dovuto. Quello che non accetto è che lei porti questo peso da sola. Che si tormenti, che si addossi e ci addossi colpe che, in fondo, non abbiamo."

"Tu non li hai mai visti insieme. Lei e Manuel erano inseparabili. Una cosa sola. Viola non ha perso un marito, ha perso il mondo."

"E trascorrerà il resto dell'esistenza a tormentarsi per qualcosa che non ha potuto e non poteva controllare?"

"Temo di sì."

"Non posso permetterglielo. O ci salviamo insieme, o andiamo all'inferno insieme."

"Ci siete già. Tutti e due."

"Siamo uniti in questa cosa, capisci? Devo vederla, devo parlarle, devo... Non voglio che Viola soffra!"

"Non puoi evitarlo. Ognuno porta il suo dolore, la sua..."

"Croce?"

"Non so che forma ha la sofferenza. Per qualcuno è una

croce, per altri un cerchio, oppure un buco nero che inghiotte tutto."

"Una trincea tra quello che ero e quello che non sarò mai più," Charles sospirò, prendendosi la testa tra le mani. "Portami da lei."

"Cosa ti aspetti?"

"Che lei mi guardi, che mi ascolti. Che mi maledica, se vuole. Ma che non mi ignori e non mi abbandoni in questo limbo da solo! Lei è dappertutto, da quella notte e anche da prima."

Chantal gli mise una mano sulla spalla. Avrebbe desiderato dirgli anche qualche parola, ma non ce n'era una che potesse fare al caso loro. Manuel, andandosene, se le era portate via tutte. Come una ventosa, aveva trascinato con sé i brandelli e le sillabe di chi lo aveva incrociato, amato, conosciuto, o soltanto intravisto tra le pieghe della vita di Viola. Si era preso tutto. Anche Charles.

32

La pioggia mette sempre voglia di tè. Azalée lo sapeva bene. Infatti non si stupì quando la porta del negozio si spalancò una, due, tre, sei volte per lasciare entrare nuovi clienti. Accese i bollitori, preparò le teiere di ghisa sui vassoi, allineò le tazze di vetro sul bancone, apparecchiò i tavolini smaltati, distribuì le liste e i suoi consigli per la degustazione. Impiattò la torta di mele e cannella, affettò quella di mandorle e carote, dispose sull'alzatina di resina gialla la selezione di mochi, i tipici dolci giapponesi tondi, a base di riso. Poi iniziò a prendere le ordinazioni: un tè porta-gioia, un tè tenerezza, un tè-antipanico, una tazza di strappa-sorrisi...

"Serve aiuto?" le chiese il suo fidanzato, sorprendendola alle spalle.

"Michel, ciao! Che ci fai qui?"

"Mi mancavi."

Azalée sorrise, facendo una giravolta su se stessa per scoccargli un bacio. No, non era sola e non lo sarebbe rimasta mai, si disse un attimo dopo distribuendo l'acqua bollente nelle teiere e i filtri di bambù nelle tazzine.

Era una ragazza fortunata. Aveva un lavoro, una casa e un uomo accanto. E li amava tutti e tre.

Chantal spalancò le finestre e si sedette a gambe incrociate sul pavimento, raddrizzò la colonna vertebrale e abbassò lentamente il mento, avvicinandolo al petto. Sistemò meglio la pashmina azzurra sulle spalle, posò i palmi delle mani aperti sulle ginocchia, strizzò le palpebre e inalò profondamente l'aria di La Parisienne, profumata di pioggia e di tè.

L'estenuante conversazione con Charles l'aveva destabilizzata. Doveva rimettersi in pari con l'universo e trovare le parole più adatte per raccontare a Viola gli accadimenti della giornata, primo fra tutti l'incontro con Charles.

La casa era piena di silenzio e vuota di amiche. Dov'erano sparite tutte?, si chiese inquieta.

L'anno precedente, all'indomani della festa, erano andate insieme a Nîmes per un giro nell'anfiteatro e un pomeriggio di shopping tra le arcate di pietra nell'Îlot Littré, l'antico quartiere dei tintori. Era stato un pomeriggio allegro e spensierato, di quelli che si mettono da parte per illuminare i momenti più bui. Lo aveva tirato giù dallo scaffale dei buoni ricordi più di una volta, durante l'ultimo inverno, per farsi compagnia, sorridere e consolarsi nei momenti di solitudine.

Chantal viveva da sola da vent'anni nello stesso bilocale milanese sui Navigli che era appartenuto a sua zia, a due scale di distanza da sua madre. Vi si era trasferita l'anno della maturità ed era diventato il quartier generale delle amiche. Avevano passato giorni e notti a studiare, ridere, piangere, cantare, sognare, vestirsi, truccarsi. Nella sua testa, erano ancora tutte là, come se non se ne fossero mai andate. Invece era lei quella che non si era mai mossa. Che non aveva mai spostato i mobili, tinteggiato le pareti e cambiato il nome sul citofono. Mavi si era sposata e spostata a Torino, Alberta era fuggita a Monaco e poi a Parigi, Viola aveva seguito la rotta di Manuel. E lei non era mai andata oltre il portone di Ripa di Porta Ticinese, se non per qualche viaggio e brevi esperimenti di convivenza della durata di un weekend. Forse avevano ragione Mavi e Alberta: era una bambina mai cresciuta. Era rimasta attaccata al suo passato, come a una tetta colma di latte. E non aveva mai sperimentato il gusto acre del caffè.

Una lacrima le rigò il viso, facendo lo slalom tra le lentiggini. Chi gliel'avrebbe asciugata? Cosa ne sarebbe stato di lei, senza le sue sorelle acquisite? Aveva il dovere di riunirle, tenerle insieme e ricollocarle là dove erano state per oltre vent'anni, legate dalla loro amicizia. Nonostante e contro la tempesta.

Il cellulare annunciò un messaggio con un gemito acuto. Chantal resistette alla tentazione di leggerlo e mantenne gli occhi chiusi. Ma già al secondo bip cedette, si alzò e rovistò sul tavolino davanti al divano, dove ricordava di aver lasciato il telefonino.

Marcello le aveva inviato una sfilza di numeri: i secondi, i minuti, le ore e le giornate che mancavano al loro appuntamento successivo. Non sapeva come – e con chi – lui le avrebbe riempite. Con quante donne usciva Marcello? A quante inviava gli stessi messaggi e le stesse canzoni?, si chiese, mordendosi il labbro inferiore. No, niente dubbi, si autoammonì tentando di visualizzare il volto di Marcello, le sue labbra sexy e carnose e gli occhi grandi e scuri sotto il ciuffo di capelli che portava lunghi, scompigliati. Aveva voglia di lui ed era una voglia buona e necessaria, che non ha bisogno di spiegazioni. Come la fame o la sete. Avrebbe gustato i loro prossimi momenti insieme come faceva con il tiramisù al tè verde di Viola: a cucchiaiate, fino in fondo. Assaporando lentamente ogni ingrediente.

Depose il cellulare, s'inginocchiò e distese il busto a terra, fino a toccare il pavimento con la fronte. Infine espirò, rilassandosi nella posizione del bambino felice.

"Signora, si sente bene?" chiese il motociclista mentre bussava a nocche chiuse sul finestrino dell'auto di Viola. "Ah, è lei! Come sta?" disse poi, riconoscendo la proprietaria di *Thé et Toi*, dove la moglie lo aveva spedito l'autunno precedente a fare scorta di tè aromatizzato al marron glacé. Viola si riscosse e annuì con finto vigore.

"Ce la siamo vista brutta," commentò l'uomo. "Qualcuno lassù ci vuole molto bene. Mia moglie vorrà correre in chiesa ad accendere un cero per ringraziare la Madonna."

"Il furgone?" domandò Viola.

"L'autista sta chiamando la polizia stradale. Saranno qui a minuti. L'importante è che siamo tutti sani e salvi, cane compreso," aggiunse, riferendosi a Chai con un sorriso.

Viola lo rassicurò e accese se stessa, la radio e il motore. Erano salvi anche loro.

Il poliziotto arrivò poco dopo, sbrigò le formalità e constatò che miracolosamente nessuno aveva riportato o causato alcun danno. Potevano tutti rimettersi in carreggiata.

Nel frattempo aveva smesso di piovere. E il cielo si era arreso ai timidi raggi di sole di quel pomeriggio. Viola ripartì prudente, in direzione di La Parisienne. Era troppo scossa e spaurita per andare in negozio e affrontare i clienti, che meritavano coccole e sorrisi, non certo sguardi smarriti e labbra livide. Non appena giunse alla rotonda che l'avrebbe condotta verso casa, però, cambiò idea e deviò di nuovo a sinistra, verso il centro storico di La Calmette e la *boulangerie* di Sylvie.

Parcheggiò come sempre dietro la chiesa, dove – si rese conto per la prima volta – non aveva mai messo piede. Nonostante avesse accettato di sposare Manuel nella sua parrocchia, Viola non aveva un buon rapporto con Dio. L'aveva avuto, una volta, da ragazzina. Ma l'esempio incoerente di suor Leonarda, che a scuola predicava bene ma praticava male, l'aveva convinta a cercare la divinità dentro di sé e non fuori. E l'aveva trovata, o almeno così pensava: per molto tempo, aveva avvertito forte e chiara una voce interiore pronta a guidarla, ma da quel 13 marzo di tre anni prima era muta. Sparita. Inesistente. Come Dio.

Fece scendere Chai, che si sgranchì le zampe e corse a marcare pochi centimetri di territorio umido, cosparso di erbacce. Lasciò girovagare libera la cagnetta e prese con gli occhi le misure del sagrato di pietra. Il portone di legno della chiesa era accostato, in attesa di un peccatore che lo spalancasse o lo chiudesse del tutto. Stava aspettando lei? S'immaginò mentre si prostrava ai piedi del crocifisso, implorando a mani giunte un'oncia di grazia, e stava per entrare, ma Chai la rincorse abbaiando, desiderosa di seguirla. Viola fece dietrofront: il Signore avrebbe sicuramente ammesso la cagnetta tra le fila di banchi odorosi di incenso, ma il parroco avrebbe protestato.

Arretrò e si diresse a grandi passi verso il centro del paese, fino alla *boulangerie*, decisa a fare scorta di pane per sé e Chantal. Superò il grande lavatoio di pietra e girò l'angolo sperando di non incappare in nessuno di sua conoscenza. Non aveva voglia di convenevoli, così proseguì a testa bassa, fiancheggiando i muri color malva delle abitazioni avvinghiate lungo la via principale. Alzò gli occhi soltanto in prossimità della vetrina della panetteria, colma di baguette, di grissini, di trecce di pane e dei cremosi *pains au chocolat* che Sylvie riempiva all'alba impugnando la grande siringa di silicone.

Viola si lasciò avvolgere dal profumo del forno caldo e Chai scodinzolò, pregustando un assaggio qualsiasi delle specialità della casa.

"Aspettami qui," disse Viola alla cagnetta che, ubbidiente, si accoccolò sui gradini.

C'erano un paio di persone davanti a lei, e Viola ne approfittò per rovistare tra gli scaffali e recuperare lievito, pangrattato e zucchero a velo. Poi tornò a controllare Chai con lo sguardo, giusto in tempo per intravedere due spalle maschili che si allontanavano in direzione della piazza e del bistrot.

Spalle larghe a cui avrebbe voluto appoggiarsi, aggrapparsi e ancorarsi in mezzo alla tempesta. Spalle che avrebbero dato un orizzonte alla sua barca squassata dai flutti.

Improvvisamente avvertì tutto il peso della propria solitudine. Da sola era fragile, in balìa di onde e vento. Nessuno, si disse, affronta il mare tempestoso in solitaria. A meno che non sia follemente coraggioso. O follemente disperato.

"Due trecce e due *pains au chocolat*," mormorò stremata, come se chiedesse un salvagente invece di qualche grammo di farina ben lievitata.

Sylvie la scrutò preoccupata. "Stai bene?" domandò, infilando tutto nel sacchetto di carta bianca.

"No," ammise Viola, rovistando nel portafogli. "No," ripeté, con le mani che tremavano e tintinnavano tra le monete.

Sylvie girò intorno al bancone e le si parò davanti, con il grembiule sporco di farina e cioccolata, e i guanti di lattice sulle mani grandi e nodose. "Tesoro! Come posso aiutarti?"

"Hai mai timonato una barca?" Viola si sforzò di sorridere.

"No, ma posso guidare un trattore senza ribaltarmi."

"E come si fa?"

"Come si fa tutto. Alternando i pedali della prudenza e del coraggio. E dandoci dentro con il motore della speranza," la consolò la donna, consegnandole il sacchetto e un biscotto per Chai.

Viola ringraziò con un mezzo sorriso nervoso, uscì dal negozio e premiò Chai che l'aspettava ansimando.

E Sylvie tornò dietro al suo bancone di vetro, a farcire di buonsenso i suoi *pains*.

Quella sera, la Parisienne le apparve incupita, come se le sue pareti soffrissero dell'improvvisa solitudine che l'aveva colta. Mavi se n'era andata, Alberta e Toni erano già partite. E la cinque-giorni con le ragazze aveva assunto un altro ritmo e un'altra piega, difficile da stirare e rimettere a posto.

Viola percepì una fitta di delusione attraversarle lo stomaco e infilarsi in chissà quale anfratto del corpo. La consolò sapere che Chantal era ancora lì, o almeno così dedusse dalla luce che illuminava il salotto e si rifletteva sul prato circostante.

Cosa poteva cucinare per l'amica? Sfogliò mentalmente il suo ricettario segreto: crema di zucca e Masala Chai? Minestra di verdure e infuso Mugicha? Torta di porri e patate con riduzione di Dong Ding?

Aprì la porta con il gomito, stringendo in mano il sacchetto della spesa, la borsa, la ciotola pieghevole di Chai. Posò tutto sul primo appoggio che trovò, asciugò le zampe della cagnetta e si sfilò gli stivali di gomma.

Dalla cucina provenivano la voce di Chantal, evidentemente impegnata in una conversazione telefonica, e l'aroma di una tazza di Shui Xian Wulong.

L'avrebbe bevuta volentieri.

"Oh, Viola è qui. È rientrata ora," disse al telefono Chantal, facendole un cenno di saluto. "È Alberta," spiegò. "Stanno facendo benzina a..."

Viola depositò gli acquisti sul piano accanto ai fuochi. Sollevò il coperchio della pentola più piccola: non si era sbagliata, dentro sobbolliva una crema di bietole e Shui Xian Wulong.

Ottimo abbinamento, giudicò tra sé annusandola.

"Bentornata!" esclamò Chantal, avvicinandosi e spegnendo il cellulare. "Tutto bene?"

Viola si limitò ad annuire. "Buona," commentò, riferendosi alla crema.

"Ho spulciato tra le tue ricette," confessò Chantal.

"Mavi è..."

"Sì, lo so. Non vedendo nessuno, ho chiamato Azalée. E lei mi ha spiegato tutto. Hai il telefonino spento."

"Ah sì? Non so nemmeno dove l'ho lasciato." Viola si accasciò su una delle sedie di legno impagliate.

"Stanca?" chiese Chantal, posandole le mani sulle spalle.

"Sì. Tu? Cos'hai fatto?"

"Shhh, rilassati."

"Ma..."

"Shhh, zitta."

Viola sbuffò. E poi chiuse gli occhi.

Chantal le impastò le spalle come se fossero di pasta sfoglia. Le ammorbidì i muscoli contratti dallo shock delle ultime ore, induriti e doloranti come le cime in tensione che trattengono le barche in porto. Le sciolse il collo e accarezzò la mandibola, le sollevò le braccia e le lasciò ricadere, senza peso. Poi percorse l'ultimo tratto della colonna vertebrale dell'amica in punta di dita, scavando i nervi che la stringevano ai lati. Viola si lasciò modellare: era fango, gesso, argilla, cera. Era qualunque cosa potesse trovare una forma di sollievo. Si rilassò e lasciò che le mani di Chantal la plasmassero e la riscaldassero, scacciando il freddo della paura che l'aveva attanagliata in auto, quando aveva sbandato così pericolosamente. Infine, posò la testa sul tavolo, a braccia conserte, come la scolara giudiziosa durante il gioco del silenzio, e si addormentò.

Chantal la lasciò riposare. E andò a rimestare la zuppa.

33

"Deliziosa, davvero. E anche le verdure sono..."

"...mangiabili," tagliò corto Chantal. "Non mi è mai piaciuto cucinare. Io vivrei di frutta e verdura cruda."

"Infatti sei la più in forma di tutte," la lodò Viola, raccogliendo il suo terzo cucchiaio di crema di bietole e Shui Xian Wulong.

"Vuoi dire che dimostro dieci anni di meno?"

"Dieci no, ma... cinque? Ti bastano?"

"Me li farò bastare. Se li farà bastare."

"Marcello?"

"Sì. È incredibile. Mi vuole. Mi desidera."

"Perché non dovrebbe?"

"Perché sono vecchia!"

"Uff, Chantal! Smettila di condannarti per ciò che non sei e apprezza la donna che sei diventata!"

"Sì, ma quanto durerà?"

"La vita?"

"L'amore!"

"Tutto il tempo che durerà."

Chantal non replicò e giocherellò con il cucchiaio nel piatto fondo a righe gialle. "Posso farti una domanda?" disse dopo qualche istante.

"No," rispose Viola, subito sulla difensiva.

"Quando Manuel è... insomma, ne eri ancora innamorata? Lo amavi?"

Viola scattò in piedi, come se la sedia avesse di colpo preso fuoco.

"Ci sono domande che nessuno ha il diritto di porre," dichiarò tranchant, scuotendo la testa di capelli biondi, "e risposte che nessuno ha il dovere di dare. Se mi ami, non chiedere."

"È perché ti amo che oso."

"No, Chantal, no! L'amore non domanda," replicò Viola risoluta.

"E Charles?"

"Charles?"

"Pensi mai a lui?"

"Smettila, Chantal!" implorò disperata. "Perché vuoi tormentarmi?"

"Non voglio tormentarti, ci riesci benissimo da sola." Chantal le si avvicinò.

"Basta, basta!" supplicò ancora Viola.

"Proprio così, Viola. Basta. Basta con i sensi di colpa, le recriminazioni, i rimpianti, i rimorsi, le pene di questo Purgatorio! A cosa servono? A chi? Le tue lacrime non resusciteranno Manuel! Ma i tuoi sorrisi possono cambiare il tuo presente e il tuo futuro. E Charles..."

"Non nominarlo nemmeno, non ne voglio sentir parlare."

"È qui."

"Dove?" si allarmò Viola.

"A La Calmette, l'ho incontrato stamattina. Non ha mai smesso di cercarti e adesso desidera incontrarti, sapere come stai."

"No, no, noooo! Non voglio vederlo! Lasciatemi in pace!"

"La pace è per i morti! E tu sei viva!" Chantal la strattonò, come se volesse rianimarla.

"Non c'è vita per i sopravvissuti."

"Ma c'è l'amore! Ed è tutto ciò che conta. Concediti il perdono, Viola. Siamo umani, sbagliamo, facciamo mille errori al secondo! Ma non accade nulla che non debba accadere. E se tu sei qui... se siamo qui oggi, c'è sicuramente una ragione. Dobbiamo soltanto scoprire qual è. Nella bonaccia e nella tempesta! Credimi, non siamo venuti al mondo per stare al riparo dalla pioggia o dalla forza del vento, ma per imparare a danzarci dentro. Spesso è difficile, faticoso e doloroso, ma ognuno deve portare a termine la propria coreografia. Un passo dopo l'altro. La vita non è che una lunga e continua guarigione dalle proprie piaghe," chiosò.

Poi si avvicinò ai fornelli e mise a bollire l'acqua nel bollitore. "Occhio del Drago?" chiese, annusando un barattolo di tè.

"Araba Fenice," mormorò Viola riluttante. E indicò la scatola di latta piatta e scrostata sul ripiano più alto.

Chai sobbalzò sul suo materassino imbottito e prese ad abbaiare quando il campanello squillò chiaro e deciso, come la tromba di un ambasciatore.

Lo stesso fece Viola, riscuotendosi d'un tratto sulla sedia. Si avviò verso l'ingresso, incespicando nella gallina di plastica del cane, che crocchiò con un gemito acuto. Chantal sollevò uno sguardo interrogativo dal display del cellulare e restò in attesa di sapere chi fosse alla porta: Mavi, scarmigliata e spiegazzata in viso quanto lo era la sua gonna rossa.

"Ma..." balbettò Viola.

"Niente commenti," tagliò corto Mavi, varcando la soglia e dando una spolverata affettuosa alle orecchie di Chai. "Non ho tempo né voglia di dare spiegazioni. Cos'è rimasto di buono in cucina?" chiese, parcheggiando le sue borse da Mary Poppins sul primo gradino della scala.

Si diresse a grandi falcate verso il frigorifero, dal quale

estrasse il vassoio dei formaggi e la *compote* di mele cotogne, sotto gli occhi esterrefatti delle due amiche.

"Vino?" domandò.

"Là, nella credenza," indicò Viola, recuperando immediatamente tre *ballons* dalla lavastoviglie.

Mavi dispose meticolosamente sul tavolo piatto, posate, bicchiere e cibo. "Be', non vorrete mica lasciarmi cenare da sola, vero?" le provocò. "Sono ancora arrabbiata con voi, ma credo che vi perdonerò... dopo che avrò bevuto una di queste," aggiunse, brandendo una bottiglia di Châteauneuf-du-Pape.

"Mavi!" la sgridò Chantal.

"Dov'è Giorgio?" chiese Viola.

"In auto verso Torino, credo."

"E quindi..." la stuzzicò Chantal.

"Quindi devi imparare a tenere la bocca chiusa," replicò Mavi, accomodandosi a tavola e iniziando a servirsi di abbondanti porzioni di formaggio.

"Avete chiarito?" indagò Viola.

"Sì. Completamente." Mavi spalmò di cotogna la sua fetta di Camembert e se la portò alla bocca con palese voracità. "È tutto nelle mie mani," disse, mentre replicava la stessa operazione con un boccone di Brousse. "Queste mani da vecchia... golosa. *Santé!*" esclamò riempiendo fino all'orlo il suo bicchiere di vino e quello delle amiche, che la osservarono esterrefatte, prima di intingere le labbra nel liquido color rubino. "*Santé!*" ripeté Mavi con più energia, invitandole a brindare. "Quante cose fanno le mani! Ci pensate mai? Fanno l'amore, la guerra, il cibo. Sporcano e puliscono, distruggono e costruiscono, accarezzano e schiaffeggiano. Sono la parte più multitasking del corpo. Sono femmine, le mani. Sono madri. Non credete? Sopravvalutiamo il cuore, il cervello, gli occhi. Invece sono le mani a fare tutto, queste dieci dita apparentemente fragili... che toccano la vita, la morte, il pane e la... cacca. *Santé!*"

Ingollò lo Châteauneuf-du-Pape in un unico sorso pieno, come se la sua gola fosse un serbatoio da colmare di benzina.

"Quanto amate le vostre mani?" domandò poi. "Fatemi vedere," aggiunse afferrando la destra di Chantal. "Uhm, crema idratante tutte le sere, vero?"

"Olio di calendula. O di mandorle," spiegò Shanti, sbalordita dall'improvvisa loquacità di Mavi.

"E tu, Viola? Pelle secca, screpolata," riprese Mavi. "Dobbiamo rimediare! Hai un paio di guanti da giardinaggio?"

"Sì, nel garage. Che cosa vuoi farne?"

"Utilizzarli."

"Dove?"

"In giardino, con le piante!"

Viola e Chantal si scambiarono uno sguardo perplesso.

"Adesso? Ma è buio!" commentò Chantal.

"Domani, ragazze," replicò Mavi, affettandosi una seconda porzione di Camembert.

"A proposito di domani, a che ora parte il tuo treno? Potrei darti un passaggio in auto mentre vado all'aeroporto," suggerì Chantal.

"Non parte. Non con me sopra, quantomeno."

"Non capisco..."

"Vorrei restare qui qualche giorno in più. Se Viola è d'accordo, naturalmente."

Viola annuì sorpresa. "E l'Erede? E Giorgio?"

"Sopravvivranno anche senza di me, ma io no. Io ho bisogno di me... e di un aliante. Sai dove potrei fare un primo volo di prova?"

"No, ma possiamo informarci all'aeroclub di Nîmes."

"Perfetto, grazie." Mavi sospirò soddisfatta e depose finalmente coltello e forchetta sul tavolo. "Credo che mi accomoderò in salotto e svuoterò questa bottiglia," disse brandendo il suo calice come un'arma. "Voi?"

"Cominciate pure, vi raggiungo," replicò Viola. E poi: "Chantal," sussurrò, bloccandola sulla soglia, mentre Mavi si avviava garrula in salotto, "riguardo la tua domanda... Amavo Manuel quanto le mie mani. Non mi sono mai chiesta cosa avrei fatto senza".

34.

Mavi fece roteare la bottiglia vuota sul pavimento di cotto. Il collo verdastro disegnò un paio di ellissi e poi si fermò, puntando Chai che dormiva placida sul suo cuscino preferito.

"Tocca a lei," mormorò ormai alticcia, riferendosi al vecchio gioco della bottiglia che da ragazzine avevano condiviso tante volte. "Cosa le domandiamo?"

"Chi ha baciato l'ultima volta!"

"Me, temo," sorrise Viola.

"Con la lingua?" scherzò Chantal.

"Certo! Chai bacia tutti così."

"Chantal, qual è stato il tuo ultimo bacio appassionato? Quello con il toy boy?" s'incuriosì Mavi.

"Non è un toy boy! È un uomo! Ed è... straordinario."

"Forse dovrei trovarmi anch'io un amante più giovane. Fa bene all'autostima, e forse anche alla linea," ridacchiò Mavi, tintinnando con le unghie sul vetro della bottiglia.

"Sì, se è un personal trainer!" commentò Chantal.

"O un cane," suggerì Viola. "Ti costringe a lunghe camminate che ti mantengono in forma."

"E non ti tradisce mai," chiosò Mavi con un velo di tristezza nella voce.

"Com'è andata con Giorgio?" indagò Viola.

"Mi ha fornito la sua versione della storia," rispose Mavi

sbuffando. "Quel pranzo milanese è stato l'inizio di nulla. Nessuna relazione e nessuna tresca con la nostra assistente, solo una fugace tentazione e qualche problema economico con il bilancio dello studio. Un po' di depressione, tanta paura di non farcela e di deludermi. Lo capisco."

"Ci credi?" chiese Chantal.

"Sì."

"Lo perdoni?"

"Sì."

"E cosa pensi di fare?"

"Quello che ho sempre fatto: la moglie, la madre, la socia, la segretaria, la domestica, la compagna, la sorella. Ma soprattutto me stessa. Ed è la parte più difficile."

"Ti ammiro," disse Chantal.

"E perché?"

"Perché non molli mai il timone nel mezzo della burrasca. Riesci sempre a mantenere la tua rotta, qualunque sia l'onda che tenta di spezzarlo."

"Succede quando non ci sono alternative. Quando la paura è più grande di te, puoi fare una cosa sola: attaccarti a ciò che hai e sperare di salvarti. Io ho solo quel timone e quella rotta. Non ho mai desiderato altro. È tutto più semplice quando credi di sapere ciò che vuoi."

"Io non l'ho mai saputo," confessò Chantal. "Ho lasciato fare al vento e al mare, sperando di approdare da qualche parte prima o poi."

"Non è vero, Shanti! Anche tu hai tracciato i tuoi disegni sulle carte nautiche, ma ogni volta c'era una terra nuova che ti attirava. E hai sempre alzato le vele per partire," replicò seria Mavi.

"Per arrivare dove?"

"Dove sei arrivata."

"Non sono sicura che la mia meta mi piaccia."

"È il rischio che corrono tutti gli esploratori."

"Ho tanti rimpianti."

"Solo i cretini non ne hanno."

"E chi è rimasto al sicuro nel porto..." s'intromise Viola.

"...senza mai prendere il largo," aggiunse Mavi.

"...e le botte delle tempeste," concluse Viola, abbracciandosi le ginocchia. Dopo qualche istante, si raggomitolò in fondo al divano come una gatta infreddolita e chiuse gli occhi. Sentì il rollio del mare sotto di sé: quel bicchiere di Châteauneuf-du-Pape stava facendo effetto. La stava portando via. Lontana dalle manciate di spuma delle onde che la stavano sommergendo.

Si risvegliò stordita nella semioscurità del salotto, illuminato soltanto dalla luce gialla dell'abat-jour sopra il tavolino a specchio tra i divani. Chai dormiva ancora spaparanzata sul cuscino, a pancia in su e con le zampe spalancate verso il soffitto, come se volesse correrci sopra. Mavi e Chantal erano andate a letto, affidandola al sonno che l'aveva catturata all'improvviso qualche ora prima.

Viola roteò i polsi intorpiditi e si stropicciò gli occhi, prima di alzarsi e dirigersi in cucina alla ricerca di un bicchier d'acqua che la liberasse dall'arsura. Tutta colpa del vino, probabilmente. Camminò in punta di piedi per non svegliare la cagnetta. Tutto inutile. Chai avvertì i movimenti della padrona e spalancò subito le palpebre, pronta a fare, se non la guardia, almeno compagnia. Infatti seguì Viola dopo aver scosso tutto il corpo peloso, risvegliandone ogni muscolo. E ottenne in cambio un biscotto che, altrimenti, avrebbe gustato soltanto il giorno dopo, insieme alle crocchette.

Che ore erano? Viola lanciò uno sguardo all'orologio sopra la parete: le due meno un quarto. La notte era lunga e l'alba ancora lontana. Aveva tutto il tempo di tornare a dormire, questa volta nel suo comodo letto balinese. Per la prima volta dopo tanti anni, rivide il baldacchino bianco che aveva condiviso con Manuel nell'appartamento di Mentone: un letto da favola, che lui aveva scelto per lei, "la sua principessa", e nel quale avevano sempre dormito annodati l'uno all'altra. Quando Manuel era via per lavoro, Viola preferiva il semplice letto alla francese nella camera degli ospiti, coperto di blu e di cuscini. Sentiva meno la mancanza del marito, diceva. Si rannicchiava contro la parete della stanza e si addormentava subito, senza dubbi né tormenti.

C'era stato un periodo in cui si era chiesta se davvero Manuel fosse dove diceva di essere, in qualche camera d'albergo in Italia, in Francia, in Corsica o a Malta, in Inghilterra, a Dubai, in Grecia. Ovunque lo chiamassero le navi, i carichi e i loro armatori. Lo aveva accompagnato spesso, soprattutto durante i primi anni di matrimonio, ma poi si era stancata di quelle fughe da un porto all'altro e aveva preferito gettare l'ancora a Mentone, in attesa che lui tornasse. Non aveva mai davvero dubitato della fedeltà di suo marito, tranne quella volta che... quella telefonata. Anzi, quelle telefonate.

La prima proveniva da una donna che aveva parlato in un inglese stretto e spiccio, chiedendo allegra di Manù, con l'accento sulla "u", sul cellulare che lui aveva dimenticato a casa una mattina. E poi quelle chiamate sul numero fisso, a cui lei rispondeva senza trovare nessuna voce ad aspettarla, mute e misteriose. Manuel aveva alzato le spalle quando glielo aveva raccontato, come se fossero cose senza importanza. E sicuramente lo erano. Ma per qualche giorno quel "Manù" udito al telefono le aveva inoculato il tarlo della gelosia. E si era chiesta cosa avrebbe fatto se Manuel avesse amato un'altra.

Con il passare delle settimane, era riuscita a sterminare anche il più piccolo sospetto. A sotterrarlo dentro di sé, da qualche parte dove non lo avrebbe più scovato. Del resto, suo marito non le aveva mai fatto mancare le attenzioni a cui l'aveva abituata sin dall'inizio della loro relazione. C'erano stati momenti di nervosismo, quando il lavoro lo preoccupava più del solito, qualche ora di mutismo o di distrazione dalla vita di coppia, ma nulla che avesse mai irritato, preoccupato o spaventato Viola. D'altra parte, lei non era una moglie esigente e nemmeno curiosa. Ascoltava volentieri ciò che Manuel desiderava condividere, ma non faceva né domande né ricerche, a meno che non fosse strettamente necessario. Non avevano grandi motivi di discussione: amavano e odiavano le stesse cose, persino a tavola finivano con l'ordinare gli stessi piatti. Erano, come spesso diceva ironicamente Alberta, una "foto-coppia" l'uno dell'altra. Lui era la versione maschile di Viola, lei quella femminile di Manuel. Il quale, però, a differenza della moglie, poteva apparire molto duro, freddo e scostante con le persone che non gli suscitavano nessuna simpatia. Viola no, lei era dolcemente accomodante con tutti, sempre gentile. Fino all'eccesso, rifletté mentre saliva lenta i gradini che conducevano in camera da letto. Poi accese la piantana accanto al comò e prese a spogliarsi, lasciando cadere gli abiti a terra.

Studiò la propria silhouette riflessa nello specchio a parete. Era ancora una bella donna, doveva riconoscerlo. Se solo avesse voluto, il suo letto non sarebbe stato vuoto. E lei non avrebbe dormito sola, con i pensieri schiacciati sotto il cuscino. Aveva un seno pieno e proporzionato, senza cedimenti. E cosce lunghe e snelle, grazie alle passeggiate con Chai. Anche il suo ventre era piatto, da ragazzina. Certo, c'erano le smagliature – non tante, però – e le inevitabili grinze intorno alle ginocchia, ma non poteva lamentarsi. Poteva ancora far girare la testa: non spesso e velocemente come una volta, forse, ma molti uomini si voltavano ancora ad ammirarla, quando faceva lo sforzo di truccarsi e di mettersi un filo di tacco.

La sera prima, per esempio, con il vestito color pervinca che le avevano regalato le amiche era uno schianto. L'aveva letto negli occhi di alcuni presenti: il fidanzato spagnolo di

Valerie, per esempio, o Cyrille. Ma aveva fatto finta di non accorgersene, come aveva imparato a fare tanto tempo prima.

Afferrò i suoi seni tra le mani, sollevandoli, e sfiorò il ventre privo di segni, di rotondità e di carezze. E restò così per qualche secondo, in posa.

Poi crollò sotto le lenzuola. E tornò al sonno da cui era venuta.

35.

Il cerchio alla testa le pesava come una corona di ghisa, ma non dissuase Mavi dalla sua opera di sfoltimento e zappettatura della santoreggia. Con la salopette di jeans finalmente sporca di terra e i pochi attrezzi che aveva scovato nel garage di Viola e infilato nelle tasche, aveva l'aria soddisfatta di chi sa che la fatica darà i suoi frutti, in questo caso fiori piccoli e bianchi che, nel giro di qualche mese, avrebbero punteggiato le file di piantine verdi.

Dopo una ventina di minuti, si raddrizzò portando le mani sui lombi e si asciugò la fronte con il suo foulard arancione.

"Che meraviglia!" mormorò tra sé, dando un'occhiata panoramica all'orizzonte azzurro del cielo.

Le piaceva la campagna, con quella sua fisionomia piatta e rassicurante. E il mare, quando respirava piano, senza scuotere le onde. Amava meno le montagne, con quelle loro guglie strette che sembravano artigliarla alla gola e toglierle il respiro. Al Piemonte e ai suoi monti, si era mal abituata. Fortuna che Giorgio aveva una casa in campagna dove spesso e volentieri potevano rilassarsi. E dove, se Giorgio le avesse dato retta, avrebbero potuto piantare qualche filare di vite, qualche albero da frutto, e perimetrare un piccolo orto dove lei avrebbe potuto dare sfogo alla sua manualità. Invece il marito non aveva mai voluto, e aveva lasciato il piccolo appezzamento di terra sgombro e pulito, fatta eccezione per la siepe che lo delimitava, qualche cespuglio di rose e ortensie ogni primavera più deboli e rinsecchite, e l'altalena di plastica che l'Erede aveva preteso.

Chissà, forse quest'anno avrebbe potuto imporsi. E ottenere finalmente il permesso di occuparsi del terreno. Per cominciare avrebbe piantato pomodori, zucchine e zucche. Chissà se si poteva piantare anche del tè. Viola le aveva raccontato di una piccola piantagione in Svizzera, e la Svizzera non era poi così lontana dal Piemonte. Avrebbe fatto delle ricerche. Le sarebbe piaciuto fare l'imprenditrice agricola. S'immaginò sulla copertina di qualche rivista, fotografata nella sua tenuta che produceva soltanto ricercatissimi prodotti bio venduti in tutto il mondo, con l'Erede al suo fianco a testimonianza che lei era una donna realizzata in tutti i settori.

"Buongiorno, contadina," la salutò Chantal dall'alto, spalancando le persiane della sua camera da letto al secondo piano di La Parisienne.

Mavi sventolò il foulard in direzione dell'amica. Contadina lei? Semmai era un'imprenditrice agricola 2.0! Avrebbe venduto conserve, olio, vino: i prodotti della sua terra. A ogni latitudine. Avrebbe creato logo, etichette, brand. E avrebbe avuto bisogno di un brevetto, forse. Doveva parlarne con Giorgio. Lui avrebbe saputo risponderle.

Tornò a zappettare con rinnovata energia, rivoltando le zolle della sua esistenza alla luce del sole. Immaginò l'emozione della semina, l'attenta laboriosità dell'attesa, la gioiosa pienezza della raccolta. C'è una stagione per ogni cosa. A che punto si trovava lei? Anagraficamente, stava per affrontare l'autunno. Spiritualmente, stava invece attraversando un'inaspettata primavera. O almeno così le pareva.

"Una tazza di tè?" chiese Azalée, sorprendendola alle spalle con un vassoio azzurro saldo tra le mani. "Luna di Primavera o Dolce Risveglio?"

"Tutte e due," disse Mavi, impossessandosi delle tazze e avviandosi baldanzosa verso il salottino di ferro battuto del *dehors*. Il futuro è una tazza da svuotare, pensò. E sorseggiò giuliva la sua dose di primavera.

"Una lettera di dimissioni?" ripeté Viola, fissando Chantal. "Sei sicura di voler cambiare lavoro?"

"Come mai prima d'ora."

"Dovresti parlarne con Mavi. È un'esperta nelle trattative aziendali. Magari riesce a farti avere una piccola buonuscita. Chiamala e andate di là, nello studio," suggerì Viola. "Io preparo qualcosa da piluccare," spiegò, aprendo il frigorifero davanti al quale si materializzò subito Chai.

"Non c'è nulla per te," le disse, accarezzandola. "Hai già avuto le tue crocchette. Non essere golosa. Uff, so cosa vuoi: latte di mandorla! Indovinato?" aggiunse, estraendo la confezione. "Devi imparare ad avere pazienza," disse, cercando con lo sguardo la ciotola di Chai sul pavimento.

Con la coda dell'occhio intravide una macchia scura al di là della recinzione, oltre la finestra: una berlina lunga e blu stazionava accanto al cancello. In piedi, accanto alla portiera chiusa, c'era lui, Charles.

Istintivamente tirò le tende gialle con un gesto irritato, lasciando cadere a terra il cartone di latte. "No, noo, nooo, maledizione!" esclamò davanti a un'incredula Chai, che si mise subito a leccare la bianca bevanda dolciastra.

Viola raccolse in fretta e furia la confezione, la gettò nel lavello, afferrò uno strofinaccio e si precipitò rabbiosa fuori dalla cucina, passando dalla porta sul retro. Charles doveva andarsene immediatamente. Lei non voleva incontrarlo, non voleva parlargli, non voleva... Come se l'avesse udita, l'uomo risalì in auto e si allontanò. Viola tornò furiosa sui propri passi.

Chai stava ancora approfittando dello straordinario colpo di fortuna che le era capitato, lucidando fino all'ultima goccia le mattonelle di cotto.

"Basta!" le intimò la sua padrona, strattonandola per il collare. "Via di qui!" le ordinò, immergendo lo straccio sotto l'acqua del rubinetto.

Se solo si potessero cancellare allo stesso modo gli errori della vita, meditò Viola mentre strofinava carponi il pavimento, con tutta la foga della rabbia e le mani appiccicose di latte di mandorla.

"Cos'hai da guardare?" chiese furibonda alla cagnetta che le gironzolava intorno. "Fila via!" la esortò, buttando lo strofinaccio nel cesto della biancheria sporca e tornando a spalancare il frigorifero.

Avrebbe preparato le sue *crêpes* al miele, bacche di goji e tè bianco Bai Mu Dan. Dove aveva messo la farina che aveva acquistato il giorno prima?

Tentò di concentrarsi sui piccoli gesti che stava compiendo, senza riuscirci. Charles era ovunque, nel riflesso della ciotola, sul fondo della pentola e dietro il frullatore.

"Maledizione!" esclamò, rompendo senza grazia le uova e cercando di arginare la voglia di spaccare tutto che le eruttava dentro: piatti, tagliere, bicchieri, finestra... ricordi. Le mani nodose di Charles, i suoi occhi glauchi, le gambe sottili con le quali si ostinava a fare jogging tutte le mattine. E poi Manuel con il suo sguardo nocciola, la sua fronte larga, le spalle da atleta che sembravano fatte per proteggerla e sorreggerla... da tutto e tutti, per sempre.

"Mi manchi, amore mio," mormorò alle pareti silenti, piegandosi in due sul bordo del lavello. "Mi manchi," gemette. E affogò nell'acqua bollente le lacrime e i germogli di tè.

36

"Ti sei licenziata?" Alberta spalancò occhi e bocca con sorpresa sullo schermo del computer di Viola da cui si affacciava via Skype. "*Bien*, hai tutta la mia stima, *mon amie!*"

"E Mavi è pure riuscita a farmi avere una piccola somma di incentivo! Sono libera, ragazze!"

"E adesso?" domandò Alberta.

"Continuerò a insegnare yoga. Magari farò qualche retreat in giro per il mondo. E riprenderò a dipingere!"

"Non potevi darci notizia più bella," commentò Viola. "Ci mancano i tuoi quadri."

"Potresti fare una mostra. Ho un'amica a Torino che ha una galleria, vi metterò in contatto," s'industriò subito Mavi.

"E io potrei proporli in qualche hotel e farti avere un appalto per decorare le stanze o la reception," buttò lì Alberta.

"Grazie... e *namasté*!" concluse Chantal, unendo i palmi delle mani in preghiera davanti al petto e chinando il capo davanti alle amiche.

"E il tuo toy boy?" indagò Alberta.

"Uff, non è un toy boy! Comunque mi aspetta a Milano. Viene a prendermi stasera in aeroporto."

"Lo sa?"

"Certo. È stato lui a darmi il coraggio di compiere il grande passo. O meglio, l'universo ha messo sulla mia strada Marcello perché capissi che era ora di svoltare."

"Lode a Marcello!" ridacchiò Alberta.

"Quante qualità, questo ragazzo," ironizzò Mavi.

"Non chiamarlo così! È un uomo fatto e finito... un decennio dopo di me, purtroppo!"

"Per fortuna, vorrai dire!" la corresse un'Alberta pixelata a causa della cattiva connessione Internet. "Se fosse lui il più vecchio tra voi, ti porresti il problema dell'età?"

"Probabilmente no."

"Il solito vecchio pregiudizio maschilista! Se un vecchio fa sesso con una donna giovane, nessuno si scandalizza. Ma se è lei la 'matusa' tra i due, *alors...*"

"Dovreste sentire i sessantenni che mi ritrovo in studio! 'Mi ha sposato solo per il mio denaro,' dicono della moglie venticinquenne, generalmente straniera. E per cos'altro?, chiedo io. Datemi una buona ragione, oltre i soldi o il passaporto italiano, per cui una bella ragazza dovrebbe scegliere di fare l'amore con un... panzone, pelato e rugoso!" esplose Mavi, scatenando le risate delle altre.

"Meno male che non sono ricca," concluse Chantal, ridendo.

"E non sei nemmeno panzona, pelata e rugosa," l'abbracciò Mavi.

"Quindi, vola a Milano dal tuo toy boy! Ogni sco...lasciata è persa. Per sempre," dichiarò maliziosamente Alberta.

Mavi abbassò gli occhi, Viola sospirò, Chantal sorrise. E Chai leccò la faccia virtuale di Alberta, lasciando una scia umida e opaca sullo schermo del computer. Poi chiuse il collegamento con una zampata e abbaiò. Era ora di alzarsi. Era ora di muoversi, di correre, di andare. Qualunque fosse la direzione.

37.

Chantal rotolò giù dalle scale insieme alla sua sacca da viaggio e approdò sul tappeto del salotto con un salto. Tastò tutte le tasche alla ricerca delle chiavi della sua Peugeot a noleggio. Avrebbe raggiunto Marsiglia in auto e da lì, in aereo, Milano. Entro poche ore sarebbe atterrata tra le braccia di Marcello, sulle sue labbra morbide e piene, sulla sua gola che profumava di dopobarba alla mirra. Avvertì l'energia sessuale della Kundalini pulsare tra il primo e il secondo chakra e inspirò profondamente. Poi espirò e si sgranchì le gambe, roteando le caviglie come se stesse ballando il twist. Sorridendo, andò in cerca di Mavi e di Viola. Tra pochi minuti si sarebbe messa alla guida e via, avrebbe lasciato dietro di sé La Parisienne, La Calmette e il dipartimento del Gard. E una vita che le stava rubando la vita.

Adocchiò Mavi in ginocchio nel riquadro verde delle piante officinali, accanto a un cespuglio di lavanda rachitico, premurosa come una madre.

"Gli ci vuole una bella dose di ferro," disse con il tono esperto di un giardiniere esperto, o di un pediatra.

"Posso averne un po' anch'io? Credo di aver bisogno di un buon ricostituente."

"E chi non ne ha bisogno? Contro il logorio della vita moderna... Cin cin!" replicò Mavi, sorseggiando da un immaginario bicchiere.

Le due scoppiarono a ridere e si abbracciarono.

"Perdonami per Giorgio... e per averti fatto soffrire," si scusò Chantal.

Mavi annuì: "Già fatto. Anzi, grazie".

"Grazie?" si stupì Chantal.

"Per avermi rimesso in carreggiata. Ero sulla strada sbagliata, come hai detto tu. Ma ero convinta che fosse l'unica giusta."

"Va bene così, Mavi! Facciamo tutti del nostro meglio per vivere secondo le nostre aspettative e a volte ci riusciamo, a volte no. Credo faccia parte del gioco."

"Vorrei conoscerne meglio le regole."

"Non ci sono!" dichiarò Chantal. "Le facciamo noi, minuto per minuto. Le inventiamo, le cambiamo, le interpretiamo, le ignoriamo. Le togliamo e le rimettiamo. Siamo noi il nostro gioco! È su di noi che scommettiamo."

"Chi vince?"

"Chi non ha paura di perdere, credo."

"Io ho una paura fottuta."

"Anch'io."

"Vieni qui, abbracciami. Ce la faremo, amica. Nella bonaccia e nella tempesta."

Viola si finse indaffarata a compilare una lunga lista di cose da fare. Odiava il momento dei saluti alle ragazze. Le avrebbe trattenute tutte lì, se avesse potuto. In fondo, avrebbero potuto convivere per sempre. A modo loro, erano una famiglia. E le sarebbe mancata, le mancava sempre. Avrebbe ripreso il suo solito tran-tran: il negozio, Chai, il giardino, le ricette al tè, la compagnia di Azalée. No. Non poteva. Non dopo quello che era accaduto. Non dopo che aveva raccontato la verità sulla morte di Manuel. Non dopo che Charles era stato lì. Sarebbe tornato a cercarla? Avrebbe osato ripresentarsi alla porta di La Parisienne? Cosa voleva? Non c'era nulla che lui potesse dire o fare per alleviare il senso di colpa di Viola. Anzi, Charles era, fra tutte, l'unica persona che poteva ingigantirlo e farlo lievitare nel forno del rimorso.

"Smettila di tormentarti," l'ammonì Chantal, raggiungendola in cucina.

"Sto soltanto facendo l'elenco delle faccende da sbrigare, nient'altro," mentì Viola.

"Davvero?"

"No."

"Mi mancherai."

"Anche tu mi manchi sempre. Ma sono felice per te, per Marcello, per il tuo cambio di vita. Soprattutto perché riprenderai a dipingere."

"Ti svelerò un segreto."

"Un altro? No, ti prego, ne ho avuti abbastanza di segreti!" scherzò Viola, ravviandosi i capelli e facendone un improvvisato chignon con la penna biro.

"Ma io non li so tenere!" protestò Chantal. "Non ho mai davvero smesso di dipingere," disse poi, in un sussurro. "Ho lavorato su un progetto al femminile. Un concorso. E l'ho vinto, ecco. Metteranno in mostra le mie opere. A Milano. Un gallerista si è già fatto avanti, insieme a un agente."

"Ma è straordinario! Brava Chantal! Sono fiera di te. È una bellissima notizia. L'hai saputo adesso?"

"No, il giorno del tuo compleanno."

"E non ci hai detto niente?"

"Non ce n'è stato il tempo, e poi c'erano rivelazioni più importanti, no?"

"Mi terrai informata?"

"Certamente, ma devi farmi una promessa."

Viola s'incupì, allarmata.

"Dovrai venire a Milano per l'inaugurazione e stare qualche giorno da me. Faremo shopping, andremo al cinema, alle mostre, ai concerti. Come una volta. Non accetto un no come risposta."

Viola annuì, rasserenata dall'innocua richiesta. "Ci proverò."

"Ci provo, presente indicativo. Niente più futuri per noi."

"Perché siamo troppe vecchie?"

"Perché siamo troppo sagge. E sappiamo che l'unico tempo che conta è il presente. Smettila di voltarti indietro, non c'è nulla là che tu possa modificare o rifare o..."

"Ora vai o farai tardi," tagliò corto Viola.

"Anche tu stai facendo tardi... con te stessa," proseguì Chantal. "E con Charles," aggiunse.

Viola non replicò e spalancò la porta sul retro per accompagnare Chantal alla macchina.

Chai arrivò di corsa, ansimando e scodinzolando. Chantal non sarebbe partita senza prendersi una leccata e un ciuffo di pelo sui leggings.

"Chiamami, quando arrivi a Marsiglia," disse Viola.

"E tu telefona a Charles. Lui non ha nessuna colpa. E neanche tu," rispose Chantal, buttando il bagaglio sul sedile posteriore della Peugeot. "Ti voglio bene, lo sai," le disse, prima di mettere in moto e partire.

Viola restò immobile sulla soglia finché l'auto non scomparve oltre il cancello e oltre la curva, con un sobbalzo.

"Anch'io ti voglio bene," mormorò Viola. Poi chiuse la porta e tornò alla sua lista.

38.

Per fortuna Azalée aveva già provveduto a smistare le consegne, ad aprire i pacchi e disimballare la collezione di ceramiche Kintsukuroi dal Giappone. Le aveva lavate, asciugate, etichettate e disposte in bella vista sugli scaffali, come in un museo. Ce n'erano di tutte le grandezze e di tutti gli stili. Sollevata, Viola le passò rapidamente in rassegna e sfogliò uno dei cataloghi accatastati sul bancone.

Di lì a due giorni, *Thé et Toi* avrebbe inaugurato la piccola mostra di tazze da tè, che erano andate in pezzi e sarebbero finite nella spazzatura se un maestro non le avesse riparate e incollate con minuscole colate d'oro o d'argento, secondo l'antica tradizione del Sol Levante.

"Ogni pezzo presenta un intreccio di linee dorate o argentate unico e irripetibile per via della casualità con cui il vasellame si frantuma," lesse. "La tecnica Kintsukuroi si basa sull'idea che dall'imperfezione e da una ferita possa nascere una forma di maggiore perfezione estetica e interiore."

Seguiva l'interpretazione di un famoso psicologo francese, il quale riteneva che "per i giapponesi, l'oggetto danneggiato subisce e racconta una storia. Diventa più bello, più prezioso, più raro. La cicatrice non è mai una colpa, qualcosa di cui vergognarsi, ma un simbolo da esibire con fierezza".

Viola richiuse pensierosa il catalogo e lo depose insieme

agli altri sul bancone, accanto alla cassa. Grattò con l'unghia una macchia di tè che si era conficcata in una scheggia di legno, aprì la cassa, controllò di avere abbastanza monetine per i resti che sperava di dover distribuire nel corso del pomeriggio, accese lo stereo e si mise uno dei kimono che indossava sempre in negozio.

Ogni volta che stringeva la cintura intorno alla vita, facendone un fiocco, pensava a Iwao. Era stato lui a regalarle il suo primo kimono rosso a decori rosa, che la copriva sino ai piedi. Quel giorno compiva otto anni e tutto le era parso un bel gioco: il travestimento, il tè, i dolci giapponesi, le risate di sua madre, la dolcezza allegra del signor "sollevante", come l'aveva soprannominato dentro la sua testa, perché Iwao portava con sé sollievo liquido e istantaneo, servito in tazza.

Non poteva immaginare, allora, che quel liquido avrebbe inzuppato tutta la sua vita. Che sarebbe diventato la sua vita.

Si avviò verso la sala da tè, con l'intenzione di accendere i bollitori. Entro pochi minuti avrebbe sollevato la saracinesca di *Thé et Toi* e non voleva farsi trovare impreparata dai clienti. Ma cosa diavolo... C'era un grande vaso di fiori sul tavolo tondo, al centro della stanza in penombra: erano rose bianche, le rose di Charles!

"*Bonjour!*" la salutò allegra Azalée, materializzandosi dalla porta sul retro. Indossava un abito smanicato di cotone azzurro su una camicia bianca. Era così... giovane e intatta. Senza crepe e senza cicatrici.

"Buongiorno," sibilò Viola, improvvisamente invidiosa. "Cosa ci fanno queste?"

"Ah, le rose! Le ho trovate a La Parisienne, nella spazzatura, ma erano così belle che ho pensato di portarle qui. Non meritavano di soffocare dentro un sacco nero!" replicò con un candore tale da disarmare all'istante Viola. "Ha visto le tazze giapponesi?" proseguì eccitata.

Viola assentì con il capo e si accinse a riempire d'acqua depurata i bollitori.

"Quella verde, in particolare, è un'opera d'arte," continuò Azalée, indicando la mensola sulla quale campeggiava una ceramica bassa e larga, color acquamarina, cucita in due da una bava di argento. "Ed è così perfettamente imperfetta," disse, sollevandosi sulle punte come una ballerina per afferrare la tazza e porgerla a Viola. "Guardi, ha lo stesso colore dei suoi occhi," commentò, prima di sparire nel retro a cambiarsi.

Viola posò la ceramica sul tavolo accanto alle rose e si concentrò sulla sala da tè: le teiere erano schierate e pronte ad accogliere l'acqua bollente, i vassoi aspettavano pazienti il loro carico, le miscele fremevano dentro i barattoli. E i clienti smaniavano dietro la vetrina, reclamando la loro dose di conforto in sorsi.

Valentina, l'insegnante di danza della scuola accanto, si catapultò per prima sulla sua tazza di Mélange Crème Caramel, come faceva sempre prima di iniziare le lezioni e mettere alla sbarra una pletora di bambine in tutù e scarpette rosa. Poi fu la volta di *monsieur* Dufour, che scolò il suo Rooibos sudafricano come si fa con una medicina salvavita. Seguirono Robert (Fu Cha), Josephine (Bruma d'Oriente) e *madame* Tina, che tentò la sorte e il palato con un sorso di Fortune Ball. Infine, entrò una giovane coppia evidentemente al primo appuntamento. Viola servì l'immancabile mistura di Love at First Sight, e sperò che i due s'innamorassero al primo sorso, com'era accaduto a lei e Manuel tanti anni prima, nel *salon de thé* di Montecarlo. Nel reparto degustazioni, intanto, Azalée vendeva foglie e confezionava sacchetti, sorridendo imperterrita a tutte le richieste, anche le più strambe. Ogni tanto fissava Viola, come per accertarsi che fosse ancora lì e non sparisse, come aveva fatto negli ultimi giorni.

Voleva parlarle. Voleva raccontarle di Michel. Voleva confidarsi. La proposta di matrimonio che lui le aveva fatto l'aveva sorpresa, emozionata ma anche spaventata più di quanto potesse immaginare. E ora che aveva detto sì, tutto le appariva diverso da com'era sempre stato. O forse era sempre stato tutto così, e lei non se n'era mai accorta? Come si misura l'amore? In grammi o in lunghezze? E la felicità? Avvertì il cuore svolazzare contro la gabbia del petto. Era senza dubbio felice, felicissima. Ma lo sarebbe stata per sempre? Avrebbe ripetuto quel sì ogni giorno della sua vita con la stessa incredibile felicità? Oppure si sarebbe svegliata una mattina e avrebbe detto a suo marito: "Oggi no, ho esaurito le scorte"?

Sigillò un pacchetto di Good Hope e batté lo scontrino.

Otto euro e sessanta all'etto, calcolò. C'era un'unità di misura per tutto. Doveva esserci anche per quello che sentiva dentro.

39.

Quando la sera divorò il pomeriggio con un morso nero, Viola spense i bollitori e chiuse la porta principale di *Thé et Toi*.

Azalée era già andata via con Michel, che era passato a prenderla con un'auto nuova fiammante. Forse il ragazzo aveva finalmente ottenuto la promozione che sperava.

Telefonò a Mavi per avvisare che, di lì a poco, sarebbe rientrata a La Calmette, non appena avesse finito di sistemare il negozio. E così fece: avviò la lavastoviglie, controllò che i barattoli di tè fossero ben chiusi, impilò i vassoi, svuotò il cestino dei rifiuti, ordinò i mochi per l'indomani, annotò le entrate della giornata e chiuse la cassa.

Azalée il giorno dopo avrebbe riassettato, pulito, riordinato e gettato via le rose bianche di Charles, ormai appassite. Anzi no, lo avrebbe fatto lei. All'istante. Erano le sue rose e, per quanto sgradite, doveva occuparsene.

Cercò un sacco di plastica nel ripostiglio e si avvicinò al vaso come un'assassina pronta a compiere un delitto. Ghermì i fiori, li imbustò e li depose a terra, accanto al cestino dei rifiuti. Poi afferrò il vaso, lo svuotò nel lavandino e lo sciacquò, riempiendolo di acqua e sapone. Infine, si dedicò alla bella tazza Kintsukuroi.

Era davvero un capolavoro: le striature d'argento erano

penetrate goccia a goccia nella ceramica verde come un balsamo lenitivo sulle lesioni, fino a guarirle.

Viola le percorse con il polpastrello dell'indice, accarezzandole una a una.

"La vita è una lunga e continua guarigione," le aveva detto Chantal, la sera prima. E aveva ragione.

Lei era una tazza spaccata. Si era frantumata contro la vita o contro la morte. Ammesso che, tra le due, ci fosse differenza. Era un oggetto inutile e inutilizzabile. Era... non era nient'altro che un frammento, uno scarto. E perdeva vita da tutte le crepe. Quale sostanza avrebbe potuto rimetterla insieme e rinsaldarla?

Immaginò che un'iniezione d'amore potesse riempire tutte le fessure del suo cuore, salvandolo. Salvandola.

L'amore di chi l'aveva conosciuta intera e aveva amato ogni suo pezzo. Di chi l'amava ancora, nonostante fosse a pezzi.

Viola prese il telefonino con una mano e digitò quel numero che non aveva mai più composto ma nemmeno cancellato, con le dita che sbatacchiavano tra i tasti, come farfalle tremebonde fra i petali.

"Charles," mormorò all'uomo che rispose al primo squillo. "Charles," ripeté, con la voce spezzata dall'ansia, incastrando il telefono tra la spalla e l'orecchio. "Charles," invocò infine.

E s'aggrappò forte alla tazza, là dove le due ferite si saldavano in un'unica cicatrice d'argento.

Hai fatto tutta quella strada per arrivare fin qui
ma adesso forse ti puoi riposare
un bagno caldo e qualcosa di fresco
da bere e da mangiare.

Ti apro io la valigia mentre tu resti lì
e piano piano ti faccio vedere:
c'erano solo quattro farfalle
un po' più dure a morire.

Il Liga

Ringraziamenti

Le amiche già lo sanno: ognuna di loro è in questo romanzo, chi con un gesto, chi con una battuta, una gioia, un dolore, un colore di capelli. Le amo e le ringrazio tutte per il viaggio insieme, lungo o lunghissimo che sia.

Un grazie speciale alla mia agente Mariapaola Romeo, che mi ha sostenuto durante la stesura (e non solo) e a Ricciarda Barbieri, la mia editor, che ha creduto da subito nelle mie piccole grandi donne. Le sue preziose indicazioni mi hanno permesso di dare il meglio di me – ma anche di Viola, Mavi, Chantal e Alberta – in queste pagine.

Grazie all'impareggiabile staff di Feltrinelli, che ha letto, corretto, impaginato e promosso il romanzo. In particolare a Donatella Berasi, per la sua professionalità e il suo rigore tutto "arietino".

Mille grazie a Gabriella Lombardi che mi ha insegnato l'arte del buon tè. Con le sue miscele, ha lenito il mio dolore e alimentato la speranza, a seconda della necessità. Con lei, le tazze sono sempre mezze piene, anche quando sono vuote. È una bravissima e coraggiosa tea sommelier, andatela a trovare nel suo negozio Chà Tea Atelier di Milano.

Grazie anche a Valentina Mecchia, che, con il tè, mi ha servito dosi di saggezza, bellezza e ironia.

Grazie a Barbara Lovato di Atout France, che per prima mi ha suggerito di esplorare il dipartimento francese del Gard, e ha fatto in modo che potessi visitarlo.

Grazie a Giotto, il mio Golden Retriever, che mi ama sempre, ma soprattutto quando gli cedo la mia fetta di pizza. Grazie alle Giottine, che lo amano quanto e meglio di me, a Barbara e a Fabio.

Ma questo libro non sarebbe quello che è senza Manolo, che mi è accanto e mi insegna *day by day* che l'amore è possibile. Anche a quarant'anni.

IL BREVIARIO DEL TÈ

Secondo un'antica leggenda cinese, l'imperatore Chen Nung (Shen Nong), rigorosissimo riguardo all'igiene, era solito dissetarsi solo con acqua bollita. Un giorno dell'anno 2737 a.C., mentre si riposava all'ombra di un albero di tè selvatico, il vento scagliò alcune foglie nella sua tazza d'acqua bollente, tingendola d'oro. Incuriosito, l'imperatore l'assaggiò dichiarando: "Da ciò che il Cielo ci invia scaturisce in noi l'armonia". Portò la bevanda alla bocca e, con quel gesto, generò l'arte del tè. Dalla Cina, il tè viaggiò e si diffuse in India, in Giappone e, infine, in Europa: Olanda, Portogallo, Russia. Poi Francia, Inghilterra, Stati Uniti d'America. Le vie del tè erano e sono infinite. Iniziano là dove spuntano le piante di Camellia Sinensis e finiscono tutte... in una tazza. Le varietà botaniche della Camellia Sinensis sono centinaia. Un detto cinese sostiene che possiamo contare le stelle nel cielo, ma non possiamo dare un nome a tutti i tè. Oltre alla classificazione cromatica che divide i tè in sei famiglie (verdi, bianchi, gialli, verdazzurri, rossi e neri), esistono diversi altri metodi per catalogarli: per luogo di produzione, stagione, contenuto di teina e... stati d'animo, proprio come fa Viola nel suo negozio. Ecco i suoi consigli per scegliere il tè giusto al momento giusto.

Tè scaccia-pensieri:
tè rosso profumato
alla pesca Little Sweet Peach

Consigli per la preparazione

Temperatura: 90 °C
Momento: tutta la giornata
Dosaggio: 3 g per 150 ml
Tempo di infusione: 3'
Si consiglia la teiera in vetro.

Non c'è niente di meglio di un tè rosso per allontanare le nubi che si affollano nella testa. Soprattutto se il tè proviene dai giardini di Lincang, la zona montuosa nel Sudovest dello Yunnan, in Cina. Qui le piante di Camellia Sinensis producono germogli molto corposi che in tazza esprimono note corroboranti e decisamente confortanti, addolcite dal contatto con le piccole pesche zuccherine di montagna dal gusto frizzante, liberatorio.

Tè porta-gioia:
tè verde profumato Sweet Osmanthus

Consigli per la preparazione

Temperatura: 80 °C
Momento: tutta la giornata
Dosaggio: 3 g per 150 ml
Tempo di infusione: 2'-3'

Secondo la leggenda, i fiori di Osmanthus racchiudono il profumo della felicità. Arrotolati a spirale attorno alle foglie di tè verde proveniente dallo Hunan, una provincia montuosa nel Sud della Cina, generano un sorprendente elisir di lunga gaiezza e spensieratezza. In tazza, sprigionano sentori floreali, caratterizzati da note finali fruttate.

Tè strappa-sorrisi:
miscela di tè verde Bancha Fiorito

Consigli per la preparazione

Temperatura: 85 °C
Momento: tutta la giornata
Dosaggio: 2-3 g per 150 ml
Tempo di infusione: 3'

Il Bancha è un tè verde giapponese a basso contenuto di teina, consumato tradizionalmente durante i pasti. In questo mélange, il suo sapore fresco e dissetante è arricchito dai sapori e dai profumi di un altro classico orientale, il tè verde al gelsomino, oltre a pezzi di ciliegia, rosa canina, fiori di gelsomino, peonie e rose. Un bouquet inebriante che porta con sé, a ogni sorso, l'eccitazione briosa della primavera. Da provare anche ghiacciato in estate, preparato con l'infusione a freddo.

Tè antinoia:
Rooibos Endless

Consigli per la preparazione

Temperatura: 95 °C
Momento: sera
Dosaggio: 2-3 g per 150 ml
Tempo di infusione: 5'

Questa miscela contiene ingredienti dalle proprietà curative, come il Rooibos verde e l'erba tulsi. Il Rooibos (Asphalatus linearis) cresce in Sudafrica, nella regione del Cederberg, ed è consumato da secoli dalle popolazioni Khoisan per le sue proprietà salutari e antiossidanti. L'erba tulsi, chiamata anche "basilico santo", è una pianta molto utilizzata in India nella medicina ayurvedica. Insieme a tocchetti di mela, zenzero, pepe rosa, cardamomo e cannella, il Rooibos e l'erba tulsi rigenerano il corpo, la mente e lo spirito, e accendono la creatività.

Tè antimalinconia:
tè rosso profumato Red Lychee

Consigli per la preparazione

Temperatura: 90-95 °C
Momento: tutta la giornata
Dosaggio: 3 g per 150 ml
Tempo di infusione: 3'
Si consiglia la teiera in vetro e la gaiwan* in porcellana con metodo
di infusione orientale: 5-6 g di foglie direttamente nella gaiwan e
fino a 5 infusioni di 30-50 secondi ciascuna.

Un tè rosso dalle seducenti note fruttate del litchi e sentori floreali di gardenia e rosa. Il litchi, chiamato anche "ciliegio cinese", è una pianta tropicale e subtropicale, proveniente dal Sudest della Cina, oggi diffusa in tutto il mondo. I suoi piccoli frutti rossi hanno una polpa bianca e succosa, dal sapore dolce e dal profumo floreale, che ben si abbina alle foglie delicate di questo tè. Confortante come una carezza.

Tè sveglia-passione:
miscela di tè nero Assam all'albicocca
Champagne e Bon Bon

Consigli per la preparazione

Temperatura: 90-95 °C
Momento: tutta la giornata
Dosaggio: 2-3 g per 150 ml
Tempo di infusione: 3'

Un tè elegante e raffinato, perfetto anche come ingrediente di cocktail intriganti per conquistarla/o fin dal primo appuntamento. La base è il tè nero indiano dell'Assam arricchito con pezzi di albicocca, fiori di verbasco e aromi. In tazza si presenta stuzzicante, profumato, dolce ma non melenso, proprio come la passione! È ottimo anche per accompagnare i dessert al cioccolato, a conclusione di una cena a lume di candela.

*La gaiwan (scodella incoperchiata) è la tazza tradizionale cinese. È costituita da tre parti: la tazza, il coperchio e il piattino. Il coperchio serve a trattenere al suo interno le foglie, sia che la gaiwan sia utilizzata come tazza che come teiera. Può essere di vetro o di porcellana.

Tè abbraccio:
miscela di tè nero alla ciliegia Sakura

Consigli per la preparazione

Temperatura: 90 °C
Momento: tutta la giornata
Dosaggio: 2-3 g per 150 ml
Tempo di infusione: 3'

Un caldo abbraccio è quello che ci può garantire questo mélange a base di tè nero, aromatizzato con frutti e fiori caldi, intensi, sia a livello cromatico che per profumo e sapore. Sono presenti, infatti, pezzi di arancia e ciliegia, fiori d'arancio, gelsomino e petali di rosa. Assaporatelo in purezza, da soli o in compagnia, oppure accompagnatelo a succosa frutta matura per un dolce spuntino rassicurante.

Tè bacio:
miscela di tè nero indiano Ombra del Vento

Consigli per la preparazione

Temperatura: 90 °C
Momento: tutta la giornata
Dosaggio: 3-5 g per 150 ml
Tempo di infusione: 3'

Il mélange di tè neri di Ceylon e dell'India risveglia immediatamente i sensi grazie ai tocchetti di cacao, un pizzico di peperoncino e una spolverata di cioccolato bianco e pepe rosa. Un mix di ingredienti contrastanti e afrodisiaci, ideali anche per un piacevole risveglio o una pausa ristoratrice. Un'autentica sorsata di passione.

Tè coraggio:
Jasmine Wulong

Consigli per la preparazione

Temperatura: 85 °C
Momento: tutta la giornata
Dosaggio: 2-3 g per 150 ml
Tempo di infusione: 3'-4'
Si consiglia il metodo di infusione orientale: 5-6 g di foglie
direttamente nella gaiwan e fino a 5/7 infusioni di 20-40 secondi
ciascuna, precedute da un brevissimo lavaggio delle foglie.

Il tè Wulong, o verdazzurro, è un tè semiossidato, il cui sapore può variare a seconda del grado di ossidazione delle foglie. In questo caso, è profumato per via del contatto con i fiori di gelsomino, il cui profumo inebriante e avvolgente viene assorbito dal tè durante la lavorazione. Perfetto per regalarsi una sferzata di audacia insieme a una dose di leggerezza.

Tè leva-paura:
Shui Xian Wulong

Consigli per la preparazione

Temperatura: 90 °C
Momento: durante i pasti
Dosaggio: 3 g per 150 ml
Tempo di infusione: 5'
Si consiglia l'utilizzo della teiera in terracotta di Yi Xing* per la preparazione
e il metodo di infusione orientale: 6 g di foglie nella teiera di Yi Xing
e fino a 7/8 infusioni di 30-50 secondi ciascuna, precedute
da un brevissimo lavaggio delle foglie.

Altro Wulong cinese proveniente dal Fujian e, più precisamente, dalle montagne Wu Yi Shan. Per questo motivo, è più comunemente definito Tea Rock o Yan Cha, tè di roccia. Il suo sapore è corposo, intenso e deciso, ma con un retrogusto fresco e floreale. Le delicate note di legno e spezie infondono un supplemento di coraggiosa pacatezza.

Secondo gli esperti, la teiera in terracotta di Yi Xing, la capitale della ceramica cinese, è il recipiente ideale per preparare un tè di qualità. Grazie alla sua porosità, mantiene a lungo l'aroma ed è la scelta migliore per degustare i tè Wulong. La teiera di Yi Xing non si lava, si sciacqua sotto l'acqua e si fa asciugare senza coperchio.

Tè scaccia-stanchezza:
Long Jing

Consigli per la preparazione

Temperatura: 80 °C
Momento: tutta la giornata
Dosaggio: 3 g per 150 ml
Tempo di infusione: 2'-3'
Si consiglia la gaiwan in vetro o in porcellana
e il metodo di infusione orientale: 5-6 g di foglie direttamente nella gaiwan
e fino a 4 infusioni di 20-40 secondi ciascuna.

È "il tè dei tè", un prodotto antichissimo che ci porta alle origini di questa millenaria bevanda. Il Long Jing è uno dei più famosi e antichi tè verdi cinesi (citato persino nel primo saggio sul tè scritto da Lu Yu attorno all'VIII secolo d.C.), ben riconoscibile dalle note aromatiche di castagna bollita che rendono ogni degustazione un momento unico e rigenerante. Un classico che non delude mai e rivitalizza animo e palato.

Tè porta-fortuna:
Tea Bouquet Fortune Ball

Consigli per la preparazione

Temperatura: 85 °C
Momento: per le occasioni speciali
Dosaggio: un bouquet
Tempo di infusione: 2'-3'
Si consiglia l'infusione in una teiera o in un calice in vetro
per assistere allo sbocciare dei meravigliosi fiori di tè.

I Tea Bouquet, noti anche come fiori di tè, sono autentici capolavori dell'arte cinese, una produzione unica al mondo. I germogli di tè vengono legati in un mazzolino e, al loro interno, nascondono fiori di gelsomino, calendula o amaranto, che sbocciano a sorpresa al contatto con l'acqua calda (ma non bollente). Proprio come la fortuna! Fortune Ball, in particolare, contiene germogli di tè verde della provincia dello Hunan, uniti ai fiori di gonfrena e di carcadè.